ROUGE(S)

AU
PRISME
DES LETTRES

ROUGE(S)

Recueil de poésie et de nouvelles

© Au prisme des lettres, 2025
Association loi 1901

Coordination du projet : Salomé Frisch
Suivi éditorial et correction : Bertille Bricou, Chloé Derain, Vladimir Ducasse-Hybiak, Héloïse Fohanno, Salomé Frisch, Melvin Guerra, Claire Kozlow, Corinne Léon, Eva Orbelune, Eve Renard, Julie Rosiaux, Louise Vandepoortaele Le Guerroué, Elisa Vinteuil
Couverture et mise en page : Eve Renard
Photo de couverture : Héloïse Fohanno

Édition : BoD · Books on Demand, 31 avenue Saint-Rémy, 57600 Forbach, bod@bod.fr
Impression : Libri Plureos GmbH, Friedensallee 273, 22763 Hamburg (Allemagne)

ISBN : 978-2-3225-9494-8
Dépôt légal : mai 2025

SOMMAIRE

Sommaire

Michel Pastoureau

Préface

L E NOMBRE DE COULEURS N'EST PAS INFINI. En Occident, aujourd'hui, il en existe onze : blanc, rouge, noir, vert, jaune, bleu, violet, rose, orangé, gris et brun. En revanche, les nuances peuvent se compter par centaines, voire par milliers : ce sont les déclinaisons de chacune de ces onze couleurs de base. Les deux notions ne doivent donc pas être confondues, comme on le fait trop souvent. Rouge brique, jaune citron, bleu pétrole ne sont pas des couleurs, seulement des nuances, c'est-à-dire des variétés de rouge, de jaune et de bleu. À la différence des couleurs, ces nuances ne représentent pas la même chose pour chacun d'entre nous. Si, lors d'une conférence, je parle d'un vert bouteille ou d'un vert olive et que je ne montre rien, chacun de mes auditeurs aura sa propre idée de la teinte, laquelle différera de celle du voisin. En outre, selon l'éclairage, l'heure de la journée, la matière, la technique utilisée et les objets environnants, la même nuance prendra une coloration différente. C'est pourquoi, quand on parle de telle ou telle nuance de bleu, de rouge, de vert ou de jaune, il faut la montrer, sinon l'interlocuteur s'en fait une idée différente de celui qui parle. Au contraire, lorsqu'il s'agit d'une couleur de base – bleu, vert, jaune, rouge, etc. – ce n'est pas la peine, tout le monde comprend de quoi il s'agit et chacun s'en fait la même idée.

Cette différence entre couleur et nuance est essentielle, malheureusement le grand public l'oublie ou l'ignore. La presse aussi, notamment la presse de mode. Dire que « cet été, sur les plages, le bleu roi et le vert émeraude seront les couleurs à la mode » est un abus de vocabulaire et une absurdité. Il y a des centaines de « bleu roi » et de « vert émeraude », et chacun de nous les voit ou les conçoit à sa façon. Le vert émeraude n'est pas une couleur, seulement un vert particulier. Il n'a ni histoire ni symbolique propre. Et dire que sur tel ou tel nuancier international (Pantone, Munsell), il correspond au code de référence E42/855 n'apporte aucune indication pertinente et ne fait même qu'embrouiller le discours et le regard.

Jusqu'au XVIIe siècle, nommer les nuances dans les langues vernaculaires européennes était un exercice difficile, le lexique était trop pauvre pour ce faire. Il fallait alors passer par le latin, lequel, grâce à sa grande variété de préfixes et de suffixes, était mieux outillé pour aller au-delà des simples articulations clair/sombre ou mat/brillant. D'où, assez fréquemment, l'irruption d'adjectifs latins dans des textes par ailleurs entièrement rédigés en français, en allemand, en anglais et même en italien.

Les choses commencèrent à changer à partir du XVIIIe siècle. La découverte du spectre par Isaac Newton en 1666 avait en effet opéré de nombreux reclassements dans l'univers des couleurs. En quelques décennies, la colorimétrie avait envahi de nombreux domaines, non seulement du côté des sciences et des techniques, mais aussi de la culture matérielle et de la vie quotidienne. Désormais mesurable par la physique, produite et reproduite à volonté par la chimie, cernée dans ses nuances par un vocabulaire de plus en plus varié, la couleur perdit peu à peu une partie de ses mystères. Les relations qu'entretenaient avec elle non seulement les artistes et les artisans mais aussi les philosophes, les poètes, voire le commun des mortels, se transformèrent peu à peu. Les regards se firent plus attentifs ; les attentes aussi. Certaines questions débattues depuis des siècles à propos de la couleur – la morale, l'héraldique, la symbolique – se firent plus discrètes. De nouvelles préoccupations, de nouveaux engouements occupèrent le devant de la scène.

Ainsi, la vogue des nuanciers toucha de bonne heure, dès les années 1720-1740, le domaine textile et celui des fards et des cosmétiques. Changeante et capricieuse, cette vogue contribua à la création d'expressions imagées pour tenter de nommer des nuances jamais vues auparavant. Ce faisant, elle tomba parfois dans l'affèterie ou la préciosité, voire l'obscurité, les créateurs de mode inventant des appellations qui ne disaient rien de précis quant à la teinte mais amusaient les beaux esprits et faisaient se pâmer les belles dames en quête d'élégance, de poésie et de rêve : « poire du matin », « cheveux de la reine », « ventre de carmélite », « dos de puce », et même, pour les bruns, « boue de Paris » ou « caca dauphin ». Dans la gamme spéciale des rouges et des roses, on dut au célèbre Jean Joseph Beaulard (v. 1720-1781), dont la maison de modes à Paris rivalisait alors avec celles de Rose Bertin et de Mademoiselle Alexandre, un certain nombre de locutions originales et fort belles dont quelques-unes sont passées à la postérité : « secret de Vénus », « bergère au bain », « entrailles de petit-maître », « pluie de roses », « soupir étouffé » et, dans la gamme des tons rose pâle, le célèbre « cuisse de nymphe émue ». À défaut d'une véritable information colorée, un érotisme à peine voilé sous-tendait cette palette lexicale qui semble faire écho à la langue des précieuses du XVIIe siècle.

⧗

Par la suite, les nuanciers devinrent plus nombreux, plus riches, plus spécialisés, accompagnés au fil des décennies d'un vocabulaire de plus en plus bigarré et suggestif. Le cas de ceux qui étaient destinés à choisir un rouge à lèvres est à cet égard exemplaire. Plus on avance vers l'époque actuelle, plus l'écart paraît grand entre la teinte et son appellation. À l'origine, des mots comme Carmin, Grenat, Cerise, Vermillon, Garance, Coquelicot, éventuellement précisés par un adjectif d'usage courant (clair, foncé, dense, brillant) suffisaient. Mais dès les années 1925, les nuances furent désignées par d'autres formulations, plus poétiques, plus accrocheuses, qui ne cherchaient nullement à dire la coloration obtenue, mais à étonner, à intriguer, à faire rêver : Pivoine du matin, Belle d'Andrinople, Nuit de la Saint-Jean, Une fête à l'Opéra, Non pas ce soir. Les marques rivalisèrent d'inventivité pour séduire le public féminin, non seulement par la vaste palette des teintes et par la qualité de nouveaux produits, mais aussi par l'originalité des appellations.

C'est pourquoi les nuanciers, ainsi proposés pour servir de guides ou de publicités, constituent de véritables petits dictionnaires du rouge, de tous les rouges, à la fois par l'image et par le texte. Aucune autre couleur, dans aucun autre domaine, ne présente rien de semblable, pas même les nuanciers destinés aux peintres. En cette matière, le tournant semble se situer en 1927, lorsque le chimiste Paul Baudecroux inventa un rouge à lèvres indélébile à base d'éosine, un rouge qui tenait « tout en permettant le baiser ». De couleur vive, presque agressive, il reçut le joli nom de Rouge baiser et connut un succès considérable jusqu'au début des années 1960, vanté ou mis en scène par des actrices en vogue.

Les textes qui nous sont offerts dans les pages qui suivent s'inscrivent dans la continuité de ces nuanciers de la langue, tour à tour festifs, charnels, évanescents ou mélancoliques. Comme eux, ils célèbrent les multiples nuances du rouge, une couleur qui célèbre aussi bien le sang et le feu, la colère et la honte, la violence et le danger, que la fête, l'amour, la gloire et la beauté.

Michel Pastoureau

Héloïse Fohanno

Introduction

Sur Terre et dans l'espace, des dizaines de scientifiques s'agitent au milieu de laboratoires pleins à craquer. Au cœur des tubes, pipettes et béchers bouillonnent simultanément une infinité de réactions ; certaines sont étudiées au microscope sous différents prismes, alors que d'autres sont reliées à des ordinateurs qui consignent la moindre donnée...

L'objectif ? Découvrir de nouvelles couleurs. Dans ce monde en noir et blanc, de rares éclats pigmentés n'apparaissent que sous certaines conditions. Ces longueurs d'onde insolites sont encore à l'étude, incomprises par les spécialistes.

Soudain, tout explose. Sonnés, les scientifiques sont témoins de la naissance de ce que les générations futures appelleront « rouge ». Et que de rouges ! Écarlate, terracotta, grenat, zinzolin... À l'intérieur de chaque laboratoire, les yeux brillent : personne n'a jamais vu autant de variations d'une seule couleur. On s'estime chanceux quand éclot une nouvelle teinte, mais des dizaines... C'est inédit, un moment historique. Toutes émettent une lueur particulière, vibrent d'une émotion qui leur est propre, se ressemblent sans qu'on puisse les confondre pour autant.

Chaque nuance a son histoire, et nous n'allons pas tarder à le découvrir...

CLAIRE KOZLOW

VERRE
BRISÉ

ROUGE BOURGOGNE

673147

sur la table, un bol d'abricots
            pas encore
       mûrs

les orages d'été
ode à l'amertume

deux vies
            — une

jeu d'échecs abandonné :
la reine couchée, le roi à terre

comment oublier l'insolence du sourire
        apaiser
        déglutir
        coup de poing dans l'estomac

sursaut du cœur
le palpitant au bord de la syncope

valse du piano avec le saxo
        nuits de champagne
        sur la pointe des pieds

dépôt dans le fond du verre
            lui aussi a été

                              oublié

Salomé Frisch

ZINZOLIN
6C0277

AVERTISSEMENT DE CONTENU :
SCÈNE ÉROTIQUE

Épargner le Larousse *aux lecteur·rice·s :*
Zinzolin : « Fin et délicat »
Zinzolin : « D'un violet rougeâtre »
(Vous connaissiez ?)

[Décrire :
→   Le bout rougi des joues
→   Les yeux qui s'éclaboussent de joie
→   Les cheveux dans le vent
→   Les lèvres qui pratiquent la gymnastique du sourire
→   (Mais elles sont un peu mordillées, c'est la nervosité)
Décrire : Hanaé]

BROUILLON :

Zinzolin, c'est comme zinzin, mais avec des nuances de couleur sur les pommettes. Du violet du jaune du mauve du gris du bleu, et surtout du rouge. Avec une robe multicolore. Un air vieillot, l'allure désuète d'une chemise à carreaux et d'un bonnet de laine. Zinzolin ça ressemble à une insulte – t'es un zinzolin, toi ! Ou bien à un compliment : t'es zinzolin comme Verlaine. (Zinzolin c'est quand on zozote sinon c'est gingeolin)

[Planter le décor, créer un ancrage. Faire voir :

→   La beauté d'une fin d'après-midi : le ciel d'un bleu pur et total, les passants qui se promènent avec la langueur des poissons, la peau qui picote sous un voile de sueur

→   L'odeur de l'été : son parfum sucré, ses effluves d'air chaud, mais aussi le relent des voitures et leur nuage d'essence qui donne envie de tousser

→   La rue traversée par nos deux personnages : les blocs d'immeubles plantés çà et là au bord de la chaussée, les vitrines des magasins qui renvoient le soleil, le petit bonhomme du feu vert immobilisé au milieu de son pas

→   Hanaé et Pauline]

— Pauline.

— Hanaé, ça fait longtemps.

— Non, on s'est vues hier.

— Peu importe. C'est comme si ça faisait longtemps.

Pauline porte une robe zinzoline [choisir : c'est rouge ou violet ?] et les plis s'enfoncent au creux de ses jambes dans des ombres légères, relevées par des touches de soleil. Pauline marche, les tissus se meuvent. Les bretelles [rouges ou violettes] reposent contre ses épaules, elles retiennent la coulée de l'étoffe. Pauline aimerait être nue.

Hanaé porte une chemise à carreaux et un bonnet de laine en plein été. Tout le monde sue et elle, elle joue tranquillement avec sa manche. Elle explore du bout des doigts la texture du coton et sa surface granuleuse.

La robe zinzoline et la chemise sont de trop.

Elles se connaissent depuis trois ans, peut-être quatre. Elles se sont perdues de vue un moment parce que c'est comme ça, parfois la vie file, on n'a plus le temps pour rire en parlant des fonds marins avec une fille qu'on a rencontrée sur les bancs de la fac. Il y a un mois, elles se sont reconnues. Elles marchaient sur les clous de la chaussée et elles ont été crucifiées sur place, arrêtées là au milieu de leur pas quand leurs regards se sont croisés. Les klaxons des voitures ont traversé leurs os sans atteindre leurs pensées, qui convergeaient.

Elles se sont revues tous les jours depuis. Elles parlent d'étoiles de mer, de requins blancs et de méduses. Leurs tons de voix, leurs accents, leurs moindres inflexions contiennent tout autre chose. Elles ne pensent pas à la mer quand elles se voient.

[Choisir le caractère de Pauline :
→   Pauline est : timide. Elle n'aime pas regarder les gens dans les yeux, elle examine plutôt le bitume et les grains noirs de sa surface, sa chaussure racle le

goudron brûlant parce que c'est comme ça, le soleil aime se coller au sol, c'est une après-midi lourde où tout s'empêtre dans la chaleur. Pauline transpire ; mais même s'il faisait froid, même s'il pleuvait et grêlait elle transpirerait tout autant. Son corps lui échappe, l'anxiété la rattrape, et elle aime Hanaé mais elle ne parvient pas à le lui exprimer.

→ Pauline est : impatiente. Les voitures ont beau la dépasser en coup de vent – elles filent comme un stroboscope de carrosseries colorées – tout va trop lentement pour elle. Ça fait des mois qu'elle attend ce moment, elle veut goûter aux mots d'Hanaé et aussi à ses lèvres, chaque pas semble s'arrêter sur le sol mais elle continue la route en courant. Pour arriver peu importe où : chez elle, dans un parc, dans un lieu où elles peuvent s'allonger toutes les deux et qui leur appartiendrait pour quelques heures.]

— J'aime bien ta robe. Sa couleur. Entre le rouge et le violet.

— Merci, j'aime bien ta chemise.

— Merci aussi.

Elles marchent. Elles ne savent pas quoi faire d'autre.

— C'est zinzolin, dit Hanaé.

— De quoi ?

— La couleur de ta robe. C'est zinzolin.

Et parfois, il y a de ces instants trop doux pour qu'on sourie.

Vous aviez déjà entendu parler du zinzolin ?

Pauline et Hanaé se regardent. [Remplir ce passage, trouver les mots.]

[Laisser un blanc.
→ Trois astérisques (celles-ci « ✳ ✳ ✳ »)]

Pauline et Hanaé sont dans une chambre d'hôtel. Leurs mots se sont caressés pendant une heure, mais elles aimeraient changer de langue. Il leur faut de la bouche, de l'organe, il leur faut du muscle, il leur faut de la peau et de la sueur. Elles veulent découvrir les fonds océaniques dans le ventre de l'autre, admirer le coquillage entre leurs cuisses. Alors elles continuent à parler de coraux et de carpes tout en traduisant dans leur tête ce que ces divagations marines contiennent. Ce n'est qu'un jeu immobile pour l'instant, l'imagination seule se délecte. Les bras et les jambes et les mains et les lèvres vont bientôt l'accompagner.

[Écrire un texte sur une nuance désuète]

Vous saviez que le zinzolin était un rouge ?
ou que ça n'en était pas ?
Il y a eu une multiplicité de zinzolins dans
l'Histoire.
Pourpre orange jaune gris bleu mauve.
Aujourd'hui on hésite entre le violet et le rouge.
Demain, ce sera du vert.
Zinzolin est un mot infini,
il contient le brouillon de nouvelles nuances.
Je vous présente des amours zinzolines.

La robe tombe, rivière de tissu qui coule au sol.
Un corps de plis abandonné là.
Sa surface zinzoline.

Zinzolin, c'est violet ou c'est rouge ?

Et elles s'embrassent face à ce mystère, à cette équation insoluble, à cet éternel problème qui gît à leurs pieds.

Zinzolin, c'est violet ou c'est rouge ?

Les paroles s'emmêlent.
— Je n'ai jamais vu de coraux. J'ai déjà vu des poissons-clowns, par contre.
— C'est joli les poissons-clowns.

— On ira les voir ensemble.

— On nagera dans la Manche.

— On plongera dans l'océan Arctique.

Pauline hésite. D'un geste lent, elle se détache d'Hanaé et murmure au creux de son oreille :

— Hanaé ?

— Oui ?

— [Trouver comment terminer ce texte.]

Julie Rosiaux

Monochrome INFERNAL

Grenat
6E0B14

PERSÉPHONE porta le pinceau d'or poli à ses lèvres et fit la moue. Contemplant son nouveau tableau d'un œil sceptique, elle secoua la tête : il manquait quelque chose.

Elle se leva et avança pour déceler ce qui causait ce titillement dérangeant, cette intuition de l'erreur. Elle observa les courbes et les formes, caressa la toile. Le problème n'était pas là. Elle se tourna alors vers son matériel et étudia la rangée de pinceaux soigneusement étalés sur sa table. Tout semblait en ordre. Soupirant, elle attrapa le demi-crâne évidé dans lequel elle préparait sa peinture. Elle utilisait le pigment de grenade produit grâce aux plantes de son jardin. La mixture avait une couleur, une texture et même une odeur habituelles.

Elle tourna sur elle-même, cherchant la source de ce trouble. Elle se glissa entre les meubles et les chevalets où trônaient ses différentes productions. Une âme condamnée à attendre cent ans sur les rives du Styx s'était peut-être encore faufilée dans son atelier. Elle devrait en parler à Hadès. Ces interruptions ne cessaient de la déconcentrer, et il fallait avouer que ces pauvres créatures vêtues de loques faisaient peine à voir. Avec une grimace de dégoût, elle espéra qu'elle n'allait pas en trouver une nouvelle, tremblante entre ses toiles vierges, avec de sales petites mains. Comment pouvait-elle faire naître la beauté lorsqu'une telle vermine s'introduisait dans son havre de création ?

Mais après avoir fouillé tous les recoins, elle constata avec confusion qu'il n'y avait aucune âme égarée cachée là. Alors quoi ? Quelle était cette gêne, cette impression d'imperfection, pire, de médiocrité ? Cela ne pouvait pas être de sa faute, non, impossible, elle était la reine des Enfers et la princesse de la Terre. Une déesse. Le problème résidait ailleurs. Autour d'elle, ses tableaux lui faisaient face, l'accusaient d'une faute qu'elle ignorait encore. L'un d'eux, peint quelques années auparavant, attira son attention et elle réalisa avec horreur et désespoir l'ampleur de son erreur.

La couleur. C'était ça. Autour d'elle, elle ne voyait que ce rouge, ce rouge grenat qui l'aveuglait, quelle atrocité ! Elle voulut l'oublier, le faire disparaître de sa vision, mais elle se rappela de justesse qu'elle détruirait toutes ses œuvres si le grenat se dissipait. La couleur, la couleur, comment avait-elle pu ne pas y penser ! Soudain, la nausée la prit, ce rouge l'attaquait, tournait autour d'elle, elle sentait son odeur empoisonnée, comme si toute la peinture s'extrayait de ses toiles pour se dresser au-dessus d'elle et la noyer, oui, non, le rouge grenat, elle ne voyait plus que ça ! Quelle horreur ! Comment avait-elle pu peindre, comment avait-elle pu prétendre peindre, comment avait-elle pu prétendre être une peintre, pire, une artiste, alors qu'elle n'avait jamais eu à sa disposition qu'une seule couleur !

Des larmes dévalèrent sa peau et elle porta les mains à ses joues, de peur que les gouttes ne soient elles aussi devenues rouge grenat, et que son monde entier n'ait été repeint de cette affreuse teinte. Mais ses doigts revinrent tachés de la seule couleur des sanglots.

Ses pleurs s'interrompirent soudain. Elle observa silencieusement ses phalanges mouillées de rosée printanière, respirant à peine, suspendue à ce coloris étrange, pas tout à fait visible mais pas tout à fait invisible non plus. Elle s'approcha de l'un de ses tableaux et appuya son doigt humide dessus. Elle venait de déposer sa deuxième couleur.

Des larmes, pensa-t-elle. Elle sortit en vitesse de son atelier et se précipita au château d'Hadès. Elle entra dans la salle du trône avec fracas, ouvrant grand les portes, les pans de sa robe volant autour d'elle.

— Des larmes, Hadès ! s'écria-t-elle, la tête haute. J'ai besoin de larmes ! Toutes les larmes des Enfers !

Hadès releva la tête mollement, ennuyé par les lubies de sa reine.

— Des larmes, répéta-t-il d'une voix traînante.

D'un geste de la main, il congédia le référent des Champs du châtiment et la file d'employés patientant pour lui rappeler la myriade de problèmes à régler. Les Enfers étaient une immense machine aux millions de minuscules rouages, et pas un jour ne passait sans que quelques-uns d'entre eux, dans le meilleur des cas, dysfonctionnent. Il ne s'agissait la plupart du temps que d'affaires mineures, mais la machine devait tourner et avaler l'afflux de défunts. Hadès se préoccupait sans cesse de la gestion de son royaume et des âmes, il avait à monitorer de loin les travaux d'agrandissement constants et hasardeux qu'il avait été obligé de lancer hâtivement quelques décennies auparavant, et enfin à s'assurer que les damnés étaient suffisamment punis, les héros suffisamment heureux, et les autres suffisamment oubliés.

Il préférait Perséphone loin de ses affaires, dans son atelier, à peinturlurer des toiles à sa guise. Il n'avait pas le temps pour ses caprices.

— Rappelle-le, exigea-t-elle, désignant d'un mouvement du menton la porte par laquelle était sorti le référent des Champs du châtiment, rappelle-le vite, j'ai besoin de lui. J'ai besoin de larmes, toutes les larmes possibles. Donne-moi les larmes des damnés, Hadès, donne-moi leurs larmes et leur douleur, donne-moi leurs larmes et leur sueur. Et surtout sépare-les, il ne faut pas les mélanger. J'ai besoin de toutes les teintes, Hadès, pour chaque damné, je veux une fiole de larmes et une fiole de sueur, tu as compris ? Allez, rappelle-le ! Il faut qu'on lui dise cela.

Hadès soupira et, sachant la bataille perdue d'avance, ne tenta même pas de la mener. Il rappela le référent et Perséphone lui exposa ses demandes. Celui-ci prit note, hochant la tête. Alors qu'il partait, Perséphone l'interpella :

— Faites-les souffrir ! ajouta-t-elle, l'air penseur.

— Ils souffrent déjà, reine Perséphone, répondit le référent avec placidité.

— Faites-les souffrir davantage, dans ce cas-là ! Il faut qu'ils hurlent de douleur, que leurs cordes vocales se déchirent, qu'ils désirent mourir une nouvelle fois. Ça donnera plus de caractère à la couleur, oui, ce sera parfait, elle sera plus vive.

Et elle repartit avec un sourire satisfait, attendant impatiemment la cargaison de couleurs qui arriverait bientôt et qui révolutionnerait son art.

Dans les jours suivants, ces dernières arrivèrent par dizaines – peut-être même par centaines – et Perséphone s'étonna du nombre de damnés qu'abritait l'Enfer, mais elle se réjouit de la diversité des teintes maléfiques, cela ferait plus de choix pour ses tableaux. Elle ne quitta pas son atelier pendant si longtemps que la seule façon d'évaluer les jours écoulés eût été de compter les toiles qui s'amassaient. Elles étaient éparpillées sur des chevalets, contre les murs et les meubles ou à même le sol ; elles occupaient tout l'espace et exposaient les différentes teintes de noir qu'elles avaient récemment acquises. Le noir, sa toute nouvelle couleur des péchés exsudés par les damnés à travers leurs larmes et leur sueur.

Parfois, lorsqu'elle ouvrait une fiole, elle entendait l'écho d'un cri, et sa main se crispait dans un réflexe violent dès qu'elle portait son pinceau devant elle pour tracer les premières esquisses. L'enthousiasme de cette nouvelle teinte, sombre et inquiétante, retomba bien vite. Le grenat avait été remplacé par ce noir malsain qui l'attaquait de toutes parts à son tour, non pas par son omniprésence mais par son agressivité, parce que le pigment naissait de la colère, de la haine et de la douleur. Chaque tableau arborant la moindre trace de la vile peinture la guettait à présent, malveillant, et exhalait une attitude mauvaise. Elle se débarrassa de tout, noya les torrents de larmes et de sueur dans le Styx et laissa le fleuve avaler les infâmes toiles pour qu'on ne sache jamais qu'une déesse avait créé de telles horreurs.

♦

Effondrée dans son atelier, elle contempla avec apathie et désespoir ce qu'il restait de sa gloire d'artiste. Pas une surface peinte n'avait survécu à la destruction systématique et fébrile. Toutes les œuvres tristement monochromes étaient broyées dans l'affluent de la haine, alors que Perséphone fixait d'un regard vide l'atelier désempli.

Elle était perdue dans une prostration immobile, si figée que même le meilleur des sculpteurs l'aurait prise pour une statue. Un bruit la fit sursauter. Elle réalisa avec épouvante qu'une âme perdue pouvait à tout moment entrer, et que ferait-elle si on constatait son abattement au milieu de l'atelier vide ? Que feraient les dieux si quelqu'un découvrait l'effondrement misérable d'une des leurs ?

Elle devait se remettre à peindre au plus vite ! Il était hors de question qu'on la surprenne dans un tel état, il était même hors de question qu'elle se laisse sombrer dans de tels états ! Elle était une déesse ! Elle incarnait la perfection ! Il ne lui restait plus qu'à créer la perfection, une nouvelle œuvre que personne ne pourrait oublier, une nouvelle œuvre qui rendrait aveugles les plus sensibles, car ils ne voudraient rien voir d'autre au monde tant elle serait belle, une nouvelle œuvre qui éclipserait tout ce qui avait jamais été créé, une nouvelle œuvre qui rendrait jalouses, honteuses même, les Muses qui paradaient dans leur toge claire avec leur chevelure ornée de fleurs. Cette œuvre lui permettrait de briller au-delà de son titre de reine des Enfers et princesse de la Terre, de légitimer son prestige. Elle serait la créatrice de cette œuvre, sa déesse, et non pas la fille de la reine de la Terre, ou la femme du roi des Enfers. Elle souhaitait quelque chose d'intrinsèquement sien.

◆

Elle retourna au château d'Hadès, prête à lui adresser une nouvelle commande. Jamais elle ne reprendrait le hideux pigment grenat ou le noir maudit, et elle qui connaissait si bien la palette des nuances de ses milliers de fleurs se refusait à l'utiliser. Pour créer cette œuvre qui bouleverserait le monde, elle devait inventer des teintes, trouver la couleur parfaite.

— Hadès ! l'interpella-t-elle en pénétrant dans la salle du trône, interrompant sans vergogne une quelconque discussion qui la laissait bien indifférente. J'ai besoin de matériel.

— Oui, oui, marmonna Hadès, espérant que ça ne durerait pas trop longtemps, car il devait régler la perturbation des eaux du Styx observée récemment. Je le ferai.

— Tu n'as même pas écouté ce que je veux !

— Perséphone...

— Hadès, tu sais comme mon art est important. J'ai besoin de la première qualité, la toute première, tu comprends.

Il hocha la tête, las.

Ceux qui attendaient pour leur entrevue avec le seigneur des Morts faisaient mine de ne pas voir ni entendre l'échange entre leurs souverains. Certains consultaient avec un intérêt inédit leurs dossiers, schémas et colonnes de chiffres. D'autres, n'ayant pas la chance d'avoir à portée de main de quoi retenir leur attention, se tournaient vers les immenses murs sculptés dans la pierre noire et froide et observaient les détails qui s'étaient gravés dans leur mémoire à force de passer devant depuis des siècles, des millénaires parfois. Il y en avait un apparemment pris de passion pour les effroyables motifs de l'éternelle damnation, un autre qui paraissait redécouvrir le visage des Furies découpé dans la pierre, comme s'il ne prenait pas le café avec elles dans la salle de pause des employés infernaux.

— Je n'arrive pas à croire que je n'y ai jamais songé ! s'exclama Perséphone en arpentant la pièce de long en large. Depuis tout ce temps, j'utilise du matériel du monde des vivants... alors que nous sommes dans le monde des morts ! J'ai besoin de m'adapter ! Tu comprends, Hadès ?

Le roi, dans sa salle de trône, était comme à genoux face à sa reine capricieuse.

— Dès demain, je veux être approvisionnée en toiles tirées directement des morts. On prendra les robes des femmes qui passent dans le champ de l'Asphodèle et on en découpera le tissu, j'y ferai mes peintures. Et pour que le matériel s'accorde avec le reste, je veux aussi que tu me coupes leurs cheveux, il me faut différentes textures. Évite la redondance, tu seras gentil, une seule mèche de chaque suffira. Cheveux bouclés, crépus, frisés et lisses, épais ou fins, parfaits ou abîmés, je te laisse t'occuper des détails, mais j'attends ma livraison de pinceaux au plus vite !

— Perséphone..., soupira Hadès, mais elle était déjà partie.

Et pendant que Perséphone arpentait son atelier, Hadès se déplaçait en personne aux portes des Enfers. Convaincre des âmes fraîchement mortes de se débarrasser de leurs robes n'était pas une mince affaire, surtout quand on leur jetait à la place des guenilles trouvées sur le bord du Styx. Le roi des Enfers pouvait difficilement leur dire que ce traitement servait simplement les fantaisies de Perséphone...

Cette dernière, dans un égocentrisme léger et insouciant, laissait son esprit s'aventurer dans toutes les directions. Bientôt, elle s'impatienta : récolter des robes et quelques mèches ne devait pas prendre tant de temps que ça, non ? Elle prépara soigneusement son atelier, agença selon un arrangement bien précis tous ses chevalets qui n'attendaient que leurs toiles, et déplaça à plusieurs reprises son tabouret pour choisir l'endroit idéal où commencer son renouveau artistique. Le bouillonnement qui trahissait sa fébrilité constante laissa bientôt place à de l'agacement, puis à de la colère.

Qu'attendait donc Hadès ? Était-il indifférent à elle, à son art, au rayonnement culturel qu'elle pourrait apporter aux Enfers ? Toute déesse du printemps qu'elle était, elle demeurait la risée des nymphes lorsqu'elle remontait à la surface, elle puait la mort, paraissait-il. Les pires de ces nymphes moqueuses s'entichaient d'Apollon dès qu'il daignait descendre de l'Olympe. Oh, Apollon et ses Muses, on les connaissait partout, les dieux louaient les arts et les talents. Hadès, lui, pouvait à peine sortir sans qu'on le traite comme un paria, et c'était bien parce qu'on le craignait affreusement qu'on le respectait. Perséphone passait tout juste assez de temps à la surface pour être acceptée, une fois débarrassée de l'air vicié des Enfers qui s'emmêlait dans ses cheveux, collait à sa peau et imprégnait ses vêtements.

Hadès ne réalisait pas l'influence qu'ils pouvaient gagner grâce à son art, la façon dont elle pourrait complètement changer la perception des Enfers.

Il ne s'intéressait qu'à son travail, à la responsabilité incommensurable qui lui incombait, *tu ne comprends pas Perséphone, les Enfers n'étaient pas préparés à la surpopulation, il y a trop de morts, nous n'avons pas la capacité d'accueil suffisante et l'arrivée n'est pas adaptée à un tel flux, nous devons aménager des extensions aux champs Élysées et c'est beaucoup de travail et...* Perséphone arrêtait en général d'écouter à ce moment-là. Il lui servait le même discours chaque fois, il ne s'intéressait pas à elle alors elle ne s'intéresserait pas à lui. Elle s'exilait obstinément dans son atelier durant tous ses séjours ici-bas, si bien que les employés des Enfers et Hadès lui-même se demandaient parfois si elle n'était pas restée à la surface. En revanche, il n'y avait aucun doute, elle était bien descendue cet automne-là. Lorsque Perséphone pénétra pour la troisième fois dans la salle du trône avec fracas, Hadès prit conscience que les temps où ils ne se voyaient pas étaient décidément bien plus commodes. Sa femme interrompit la discussion sur les émeutes qui menaçaient de se former aux portes des Enfers si on continuait d'intercepter les femmes.

Avant même qu'il ne puisse lui annoncer qu'il ne la fournirait plus en toiles et en pinceaux, Perséphone s'écria :

— Hadès ! J'ai été négligente ! Je t'ai demandé tout un matériel de peinture, mais je n'ai aucune couleur pour peindre avec !

— Et le grenat ? soupira Hadès. Tu utilises ce pigment depuis des siècles.

— Exactement ! s'écria Perséphone. Des siècles de monochromes, des siècles de grenat et uniquement de grenat, j'en suis malade ! Des siècles à peindre avec une seule couleur, quelle artiste cela fait-il de moi ?

Puis, atterrée, elle réalisa qu'ils avaient une audience. Les employés d'Hadès, les petits rouages des Enfers, la regardaient ébahis. Un frisson de répulsion secoua les épaules blanches de Perséphone. Leur peau, pour le peu qui en avaient encore, était grisâtre, parsemée de plaies purulentes condamnées à rester à vif, et pendait flasquement sur des os déformés par le temps et le travail. Les joues étaient caves, les orbites deux trous noirs qui s'étendaient sur le visage. Ces regards de morts, emplis de vide et d'obscurité, étaient perçants. Malgré la cécité des employés, Perséphone sentait ces yeux la transpercer, comme le froid infernal qui s'infiltrait à travers ses vêtements, jusque dans ses os, chaque fois qu'elle descendait passer l'autre moitié de l'année aux Enfers. Elle détourna le regard, prétendant les ignorer.

— J'ai besoin de nouvelles couleurs, ajouta-t-elle sèchement. Le noir des Champs du châtiment ne faisait pas l'affaire, et je devrais essayer de trouver toute une déclinaison, varier les nuances. J'ai besoin qu'on aille chercher quelques nuages qui s'accumulent au-dessus du champ de l'Asphodèle, l'éternel ennui doit être d'un gris délicieusement poudreux. Et qu'on ramasse un peu de poussière ici et là, je m'occuperai du reste.

Elle jeta un bref coup d'œil aux employés toujours immobiles au pied du trône. C'était ennuyeux, cette salle construite pour accueillir des dieux aussi hauts que les plus hautes tours des humains, cette pièce conçue pour la majesté et la grandeur et qui, faute de divinités acceptant de s'y rendre, restait ridiculement démesurée, s'adaptant à la taille dérisoire des mortels.

— Fais brûler ceux-là dans les eaux du Phlégéthon. Rien n'est plus charmant que la couleur des cendres.

Elle n'aurait ainsi pas à s'inquiéter de témoins indiscrets. Les employés, quant à eux, s'efforcèrent plus encore de disparaître, dans l'espoir que leur roi serait plus clément que leur reine. Cette dernière s'apprêtait à faire volte-face et à repartir avec panache lorsque Hadès gronda :

— Perséphone... J'ai toléré tes caprices jusque-là, mais ces employés sont indispensables au fonctionnement des Enfers. Ils se plient à tes petites volontés futiles et stupides alors qu'ils devraient s'occuper des morts. Tu vas trop loin.

Perséphone se raidit et se retourna avec une grâce menaçante. Plus que jamais sa puissance de déesse, que beaucoup oubliaient, émanait d'elle, et quiconque un tant soit peu vivant dans la salle du trône ne le serait pas resté très longtemps. Son visage s'était figé en un masque impassible, son regard s'était durci, et ce fut d'une voix froide et impérieuse qu'elle ordonna :

— Hadès. Le Phlégéthon. Brûle-les.

Et à nouveau, Perséphone sortit de la salle du trône comme une tempête destructrice. Hadès grogna lorsqu'il se rappela l'audience qu'ils avaient eue. Cette audience qui venait de voir son roi, son dieu, supposément tout-puissant, abdiquer. Malgré tous les efforts mis en place par les employés qui s'étaient démenés, avaient rivalisé de créativité pour qu'on les oublie, le dieu, d'humeur exécrable, décida qu'il les brûlerait bel et bien. Il ne pouvait pas laisser s'ébruiter le fait que le roi des Enfers pliait face à la reine. Perséphone serait satisfaite, croyant qu'il avait cédé à ses caprices. Certains secrets devaient rester dans l'ombre, et ce n'était que plus vrai dans les Enfers, royaume de l'obscurité.

♦

Plus tard, Perséphone constata avec satisfaction qu'Hadès avait finalement obéi à ses exigences lorsqu'elle trouva des récipients pleins de cendres du Phlégéthon, des cendres vibrantes dans lesquelles on voyait encore les flammes brûler. Elle songea qu'elle pourrait exploiter les capacités des autres fleuves pour former de nouvelles couleurs, mais oublia bien vite cette pensée, car dans son obsession de la couleur parfaite, toute autre idée plus raisonnable était écartée. Elle se concentra donc sur une énième toile, ignorant que c'était la robe arrachée d'une femme aux yeux fous de terreur. Puis elle choisit avec application son pinceau, le plus fin, et les traits élégants sous son délicat ustensile naissaient de la brutalité de cheveux coupés sans vergogne du crâne d'une petite fille.

Ce même pinceau à la pointe encore tremblante percuta le mur lorsque, excédée, Perséphone le jeta à travers la pièce. Elle renversa son tabouret et contempla avec désolation son œuvre, son tableau, sa toile, ses misérables coups de peinture, son abomination.

Elle arpenta son atelier, agitée par une hésitation omniprésente : elle devait trouver des couleurs vives pour égaler les peintures de là-haut, mais elle devait aussi trouver la couleur, la teinte, la nuance parfaite qui représenterait les Enfers, qui les ferait briller au-delà de leurs richesses et leurs pierres précieuses, au-delà de l'éblouissante peur qu'ils suscitaient ; une couleur, une teinte, une nuance qui permettrait à tous de comprendre qu'eux aussi étaient des dieux. Mais les juges, ces Muses hautaines, ne prenaient pas la peine de s'intéresser à son art, elles y accordaient à peine un regard. Perséphone voulait peindre pour les Enfers, mais les juges voulaient voir la peinture d'en haut.

La solution lui parut alors évidente. Trouver le juste milieu, voilà ce dont elle avait besoin, trouver ce qui était aux Enfers mais avait été là-haut. Elle devait s'intéresser aux morts. Évidemment, elle n'allait pas les représenter en tant que tels, des milliards d'âmes gémissantes dans des champs à perte de vue, des corps déformés par la torture ou des héros désabusés par le repos et le bonheur éternels. Ce n'était pas intéressant, et c'était tout juste figuratif, une représentation des Enfers comme chacun se l'imaginait, une représentation superficielle qui ne montrait pas le monde magnifique qu'était ce royaume lorsqu'on soulevait le rideau d'ombre, la beauté particulière qu'elle y voyait. Elle n'allait pas peindre les morts en tant que tels, mais les utiliser pour peindre, certainement. Elle s'était déjà servie des larmes des damnés après tout. Hadès lui laisserait sans doute le loisir d'exploiter les âmes diluées et oubliées du champ de l'Asphodèle ; de toute façon, elle ne lui laisserait pas le choix. Elle pourrait trouver, en pressant suffisamment leur mémoire atrophiée, les douces couleurs passées des souvenirs et de la mélancolie, teintées de l'ombre inévitable des Enfers.

C'était exactement ce dont elle avait besoin. Et pour que ses peintures aient aussi la teinte du travail bien fait et de l'effort, elle irait même en personne dans le champ de l'Asphodèle. Hadès ne pourrait pas se plaindre qu'elle occupe à ne rien faire ses affreux serviteurs dont les muscles et la peau se décomposaient aux yeux de tous. Les pauvres âmes condamnées à l'éternité auraient quant à elles l'impression de voir un miracle passer devant elles lorsque sa grandeur et son éclat de déesse les éclaireraient. Elles avaient bien besoin d'un peu d'espérance pour quelques nouveaux infinis. C'était tellement généreux de la part de Perséphone d'en offrir à ces pauvres malheureux qui n'attendaient plus rien, de leur faire croire que tout irait mieux alors qu'ils resteraient ainsi, debout sur ces terrains mornes et immobiles. Oui, Perséphone était tellement généreuse. Les fausses promesses sont celles qui brillent le plus.

Elle devait peindre cet éclat, cet espoir tenace à jamais déçu, elle devait peindre l'attente tragique d'un lendemain, elle devait peindre la fin de la nuit avant l'arrivée du soleil.

Elle représenterait la beauté de l'obscurité et la laideur de la lumière, les foules dans l'indifférence de la mort tandis que les âmes s'y déversaient en un flot continu, comme si la vie les vomissait, comme si elle n'en voulait plus. Ici, ils leur offraient le repos éternel, certes pas des plus confortables pour la plupart, mais, l'esprit baignant dans les eaux de l'oubli, les morts erraient à peine conscients de leur perte. Il n'y avait plus de souffrance, plus de douleur, plus que la simplicité de l'absence.

C'était cette toile que s'efforcerait de peindre Perséphone, avec les couleurs des Enfers. Et si les Muses ne louaient que les couleurs vives de la surface, elles ignoraient la beauté des couleurs sombres et des secrets de l'obscurité. Elles ne pouvaient voir la beauté de ce qu'elles avaient peur de regarder.

Pour la réalisation de son chef-d'œuvre, il ne lui manquait plus que les couleurs. Elle fit de nouveau appel à Hadès pour obtenir les anciennes teintes dont elle s'était débarrassée. Elle récolta le vaporeux soupir des âmes du champ de l'Asphodèle, la bave dégoulinante de la gueule de Cerbère, écrasa les pierres précieuses qui crevaient le sol dans les jardins du palais, fondit l'or des bijoux abandonnés. Finalement, faute de couleur pure, véritablement pure, elle s'intéressa aux inatteignables héros dans leurs champs Élysées. Pour elle, ces petits dieux pleurèrent et suèrent à leur tour, mais elle resta insatisfaite. De rage, elle en attrapa un par le cou et planta ses ongles dans sa gorge. Elle ne reconnut pas le visage qui se tordait de douleur, car elle observait avec fascination les petites perles rouges qui gouttaient doucement de la plaie. Elle crispa sa main, et un long filet de sang dévala la gorge du héros. Elle finit par se débarrasser de lui et s'éloigna, tenant sa paume poisseuse de sang comme un trésor, admirant cette magnifique et unique couleur qui lui manquait.

Alors elle ordonna que l'on fasse saigner tous les héros, les petits dieux des Enfers, et malgré les protestations virulentes d'Hadès et les disputes violentes, celui-ci céda et tous les inatteignables héros saignèrent.

Enfin, Perséphone se positionna sur un promontoire surplombant les Enfers. Le palais se dressait face à elle, le champ de l'Asphodèle s'étalait à ses pieds, les cris des damnés s'échappaient d'un côté tandis qu'une lueur brillait doucement de l'autre. Une gigantesque toile attendait d'accueillir ses coups de pinceau, lorsque la peur des robes volées rencontrerait la douleur des cheveux arrachés. Les pleurs, la sueur, les cendres, la bave, les nuages, les soupirs, la poussière, les pierres et le sang remuaient près d'elle dans les crânes évidés.

Elle s'imprégna de ses ressentis, du poids de l'air infernal, des sons, des odeurs, du grondement du Styx sous ses pieds, et fermant les yeux, laissa les morts la guider, comme si tous ceux à qui elle avait pris, tous ceux qui avaient souffert pour son entreprise, possédaient soudain sa main pour peindre la réalité des Enfers à sa place.

Lorsqu'elle rouvrit finalement les yeux, elle constata avec horreur qu'elle n'avait pas peint une œuvre d'art, une beauté ensorcelante, et encore moins un plaidoyer des Enfers. Les couleurs se mélangeaient, se battaient, informes, et criaient la peur, la douleur, la désillusion, le ressentiment, l'ennui, le désespoir, l'humiliation, la colère, la tristesse... La toile révélait la vérité brute des Enfers, celle que Perséphone ne voulait pas voir, pas entendre, pas comprendre. Elle ne soulevait pas le voile des Enfers pour ceux d'en haut, elle le soulevait pour elle-même, ce voile d'ignorance, de désintérêt et d'arrogance. Ses affreux monochromes n'avaient été que le rideau derrière lequel elle se cachait, elle s'y était enfermée, enveloppée, et jamais elle n'aurait pu peindre autre chose que le tissu de sa naïveté. Enragée, terrifiée, épouvantée, elle renversa la toile monstrueuse dans les eaux du Styx avec tous ses accessoires.

Elle retourna dans son atelier en catastrophe. Elle bouscula tout ce qu'elle y trouvait, chaises et chevalets, le moindre meuble se dressant devant elle, et plus que tout, son illusion de talent. Les Enfers ne pouvaient pas être représentés avec beauté, du moins, elle n'avait pas pu le faire, et ce qu'une déesse ne pouvait pas faire, personne ne le pouvait. Elle renversa un dernier meuble et un crâne chuta sur elle, étalant une gerbe de peinture grenat sur sa robe. Silencieuse, immobile, elle la contempla avec émerveillement, euphorie.

C'était elle.

Elle était là, la couleur parfaite, la couleur des Enfers.

Elle l'avait trouvée.

Joséphine Cristol

Les Chauves-souris ne sont pas Noires

Rouge de Falun

801818

L ORSQUE LA CHAUVE-SOURIS ouvre un œil, les derniers rayons du soleil se faufilent par la fenêtre ouverte et se répandent en bandes dorées sur le parquet. Elle baisse la tête, et le bout de sa fourrure, caressé par les derniers éclats de lumière, étincelle d'un or roux. Son museau frotte le sommet du crâne de son petit. Avec un geignement de protestation, il s'éveille et se replie dans le pelage de sa mère où il apparaît comme une petite tache brune. De concert avec la chauve-souris voisine, sa mère écarte ses ailes et ses pattes et ensemble, elles forment un paravent de cuir. La peau, si fine qu'elle en est translucide, laisse paraître les vaisseaux sanguins qui l'alimentent, en un étrange voile noir orné de ruisseaux rouges. Le petit proteste encore, mais sa mère le pousse vers le côté et il se déplace, protégé du vide par l'écran de chair, jusqu'au ventre de la seconde chauve-souris où il s'accroche aux côtés de deux autres chauves-souriceaux. La lueur violacée du crépuscule règne sur le grenier quand la mère prend son envol auprès de cinq chiroptères. C'est son tour de chasse, après avoir veillé sur les petits les deux dernières nuits.

Elle s'élance dans l'obscurité, les ailes étendues, et la lune fait briller les bandes blanches qui marbrent sa fourrure brune. Les lumières de la grande maison sortent des fenêtres et éclaboussent les murs, dont la teinte rouge de Falun est si lisse et si mate qu'elle paraît pure. Parmi ces lueurs, une seule restera allumée toute la nuit, celle de la chambre d'une fille qui a adopté leur rythme de vie. Ses veillées nocturnes ont déposé des cercles violets sous ses yeux qu'elle garde rivés à un écran des heures durant, martelant le clavier de ses doigts.

La chauve-souris écarte les mâchoires sur ses dents pointues et répand ses ultrasons en un chant inaudible. Dans l'écho de ses notes, elle voit les maisons, leurs fenêtres et leur toiture, les aspérités des murs, elle perçoit même, en contrebas, l'avancée des voitures, leur vitesse et leur direction. Les quelques insectes qui rampent et volent entre les habitations ne l'intéressent pas et les lumières sont trompeuses ; combien de ses semblables se sont laissé piéger et n'ont jamais retrouvé leur logis ? Elle s'éloigne de l'amas doré de la ville et vole au-dessus des habitations jusqu'à retrouver l'obscurité complète des bois. Arrivée dans sa zone de chasse, elle interrompt l'écholocalisation et ne se fie qu'à ses yeux. Entre les sapins et les épicéas, elle virevolte, slalome, évite les épines et croque dans les insectes qui se dissimulent ou volettent et sautent encore, ignorant la présence de cet animal, si petit pour les humains, mais déjà un géant pour eux. Rattrapée par la soif, elle s'approche d'un lac où quelques chiroptères dansent déjà, étoiles noires dont les poils blancs s'allument par intermittence quand la lune les salue. Comme ses compagnes, elle s'élance en piqué, vole au ras de l'eau en ridant le reflet de l'astre, et s'élève, avant de plonger à nouveau. Lorsque l'aube rose repousse la nuit, la chauve-souris quitte la forêt et rejoint la maison. La chambre est toujours allumée, mais la fille dort le visage enseveli dans un livre. Elles auraient pu s'entendre, si l'une n'était pas une descendante d'une vieille, rare et unique espèce de mammifères et l'autre issue d'une espèce nouveau-née qui détruisait la biodiversité depuis quelques milliers d'années.

La chauve-souris longe le bois rouge de Falun, couleur oxymorique issue des pustules de la rouille et pourtant si mate et uniforme qu'on la croirait évadée d'une illustration. Peut-être alors que le pelage, brun-rouge et roux, écaillé de blanc, que tant pensent noir, pourrait un jour être considéré pur. Peut-être qu'un jour on cesserait d'associer la chauve-souris aux mauvais présages, aux morsures ou à un Comte fictif.

Elle se faufile par la fenêtre, s'accroche à une poutre et écarte ses ailes et ses pattes. Parmi les petits nichés dans le giron de sa voisine, elle reconnaît l'odeur du sien et le guide entre ses membranes, avant de poser son museau contre son front et de replier ses ailes autour de lui.

Valentine Jaguenaud

Maison du cœur

Rouge brique
842EIB

À Maman,

La Rochelle

JE NE SAIS PAS par quoi commencer cette lettre. Je sais exactement comment la finir, ce que je dois dire, pourquoi je veux l'écrire, mais je n'ai pas de début. Les mots s'emmêlent dans ma tête à chaque fois que j'y pense. Seul un brouillard confus m'étreint. J'en ai essayé, des formules de politesse, des transitions parfaites... Rien ne marche.

J'aurais pourtant voulu faire comme avant : « Ma chère Maman », suivi d'une virgule et d'un saut de ligne élégant. Mais cela sonne hypocrite.

Je ne veux pas mentir. Ce serait la voie de la facilité. C'est ce qu'on fait toujours aux enfants : on n'a pas confiance en nous, alors on nous drape la vérité d'étoiles opaques quand en vrai le ciel est tout noir. Cette lettre ne sera pas joyeuse. J'aurais aimé t'offrir des mots de miel, des mots doux, ronds et sucrés qu'on aurait pu mettre à la petite cuillère dans le thé de grand-mère. Mais mon petit pot est vide et mes lettres asséchées.

À t'écrire ainsi, j'éprouve une forme de culpabilité. Je ne suis pas toi. Je ne sais pas ce qu'il y a dans ta tête. Je ne veux pas te faire de reproches, je ne veux pas pinailler, je ne veux pas t'accabler. Mais j'ai souffert, Maman. Terriblement. Je suis perdu depuis des années. J'ai des ronces pour seul chemin dans une nuit de brouillard.

Rappelle-toi : quand j'avais quatre ans, tu m'as déposé chez grand-mère. Papa était mort et j'avais le cœur triste par terre. La mort, je ne savais pas vraiment ce que c'était mais elle empêchait mon papa de me border en chantant des berceuses. Ça devait être un monstre terrible. Papa n'était pas si occupé avant. La maison puait le silence et le vide. Tu ne parlais plus. Je t'entendais beaucoup pleurer la nuit alors je t'ai imitée. Avec l'arrosoir de nos yeux, on aurait fait pousser une forêt de deuil. Tu me prenais dans tes bras quand tu me voyais verser des larmes et, assis sur le canapé, on se comprenait sans se parler.

Mais à quatre ans, on ne pleure pas indéfiniment. J'allais à l'école, j'avais des copains et je ne pouvais pas arrêter d'être heureux. J'avais beau être triste, je courais, je jouais au parc et dans le jardin. Puis quand j'avais mal à la tête, je m'allongeais par terre et je comparais les maisons. La nôtre était la plus belle, les briques d'un rouge plus éclatant. Avec le recul, elles ressemblaient sans doute en tout point à celles des voisins. J'avais quatre ans. Ce qui m'appartenait était forcément mieux.

C'est au bout d'un ou deux mois que tu m'as posé chez grand-mère. J'étais content de la voir. Elle avait de jolis traits sur son visage, et puis elle avait accouché de papa. Tu m'as dit : « Tu vas passer une semaine là-bas. » C'était formidable. Vu que c'était le printemps, on a cueilli des fleurs et on a fait des couronnes. On a chanté des chansons très très fort dans toute la maison. La vieillesse, elle suintait partout sur grand-mère mais je sais pourquoi. C'est parce qu'elle faisait passer le temps très vite. Il y avait toujours quelque chose, le nom d'une plante à apprendre, un repas à cuisiner, un objet à bricoler.

Le train de la semaine roulait tellement vite que je ne me suis même pas étonné de ne pas te voir. À force de dépasser les gares des jours, la semaine a mué en deux mois. Grand-mère t'a appelée plus de mille fois. Elle t'a cherchée partout. Dans un élan d'espoir, elle est repartie à Lille pour me ramener à la maison. On n'a pas pu y entrer. La maison était vendue.

Grand-mère n'a pas trouvé de solution alors elle m'a gardé.

J'ai entendu à nouveau parler de toi quatre ans plus tard, quand les deux mois se sont changés en années. Je vendais des calendriers pour l'école lorsque j'ai vu ton nom sur une boîte aux lettres avec mon copain Antoine. J'ai sonné, tu n'as pas répondu, alors j'ai posé un calendrier par terre et je suis parti. La fois d'après, il avait disparu. C'est comme ça que j'ai commencé à t'écrire des lettres.

« Chère Maman,
Je suis très content que tu ne sois pas morte. »

Tels étaient mes mots d'introduction. Ma lettre dégoulinait de printemps et d'amour. Petit bout d'argile détrempé de bonheur, je revenais au temps des briques, où je courais dans le jardin en me disant que ma maison était la meilleure du monde. Je m'allongeais sur l'herbe mouillée de mes rêves et je chantais la joie de ne pas être orphelin.

Je m'étais fait un copain orphelin à l'école. La poussière inondait sa tête mais il ne pleurait pas beaucoup pour faire le ménage. Il m'a dit que j'avais de la chance, ma maman n'était pas au ciel mais au sol, pas perdue dans la brume rose d'un souvenir à la fraise.

Quand j'ai parlé de ces lettres à grand-mère, elle n'a pas beaucoup réagi. « C'est bien mon chéri. » J'étais tout peint de bonheur, elle n'a pas voulu écailler mon vernis. Grand-mère, elle ne ment jamais, elle n'aime pas ça. Elle prend juste la vérité et la décale de deux pas. Elle a peur de me briser en éclats, comme la tasse d'extraterrestre qu'elle m'avait offerte pour mon anniversaire.

Ton absence de réponse a fait sonner la canicule dans le jardin de Lille. L'herbe séchait, je m'étais un peu flétri. Cependant, mes racines restaient ancrées, je creusais plus profond pour trouver l'eau, toujours transi d'espoir.

Dans la vie, on ne doit pas abandonner. C'est ce que disait la maîtresse pendant le calcul mental, quand mon cerveau fumait fort pour des réponses que je n'arrivais pas à trouver. Alors, j'ai persisté. J'en ai écrit d'autres. Le dernier dimanche du mois à quatorze heures, je prenais une feuille blanche, le stylo-plume de grand-mère et j'écrivais. Je te racontais mes journées. Te demandais des conseils. Je ne faisais même pas de fautes d'orthographe. Avec le Bescherelle de grand-mère, je corrigeais tout.

Puis, je postais le lundi. J'ai continué pendant deux ans. Je croyais dur comme fer que tu me répondrais un jour, mais j'avais beau être un forcené, même les métaux les plus solides se dissolvent dans la lave en fusion.

Finalement, c'est arrivé le jour de mes dix ans. La lettre était une copie double tachée de café. Une écriture grossière, des mots simples mais la réponse était bien là. Les deux pages étaient remplies à ras bord, ça dégueulait d'excuses, d'amour et de tristesse. Je n'en ai pas parlé à grand-mère. Elle s'en est peut-être douté mais elle n'a rien dit. Quand il s'agissait de toi, elle ne disait pas grand-chose.

Lorsque je suis arrivé à l'école le jour suivant, j'étais tellement perturbé au fond de moi-même que ça s'est vu tout de suite. Antoine m'a rejoint en courant et m'a demandé : « Alors, ta mère t'a répondu ? »

J'ai acquiescé. Il était jovial, expressif au possible, sa bouche se déformait en une caricature de lui-même, tellement content qu'il a échangé son masque de silence et de calme pour une joie infinie.

Mais ça, je n'y faisais pas attention. Ma tête était restée à Lille entre la pluie et le rouge brique.

Antoine parlait trop ces temps-ci. On aurait dit que c'était lui qui avait reçu ta lettre.

J'ai su pourquoi à une soirée pyjama. Je l'avais invité, on avait joué aux pirates, couru, sauté. Quand est venue l'heure de se coucher, il s'est assis en boule sur son matelas, les yeux tristes. Il m'a avoué avoir écrit la réponse. Je n'ai pas trop su quoi dire. J'étais blessé par le mensonge mais apaisé par l'aveu.

J'ai reçu quelques mois plus tard une autre lettre. Les courbes élégantes tremblaient sans perdre de leur superbe. Par endroits, l'encre se diluait comme si on avait fait couler des tas de gouttes d'eau dessus. Le texte était plus court, plus simple. « Je suis désolée, mon fils. »

Antoine n'a jamais avoué l'avoir écrite, celle-là. Je ne lui en veux pas, mais je ne me suis pas laissé avoir.

Ce jour-là, j'ai cessé de t'écrire. Le dimanche, je m'asseyais toujours sur ma chaise avec le Bescherelle et le stylo-plume, mais je n'écrivais plus. Après tout, cela n'aurait servi à rien.

Qu'arrivait-il à mes lettres quand elles passaient ton palier ? Les lisais-tu ou les jetais-tu en boule dans la cheminée ?

J'ai douze ans maintenant, Maman. Je ne sais pas si tu t'en souviens. Huit ans qu'on ne s'est pas parlé. J'avais abandonné, tu sais. Pour moi, tu étais morte sans que personne ne le sache et ne me l'ait dit.

Je n'aurais jamais écrit cette lettre si je ne t'avais pas croisée. Il y a à peu près un mois, en sortant du collège, je t'ai aperçue. À la terrasse d'un café, tu étais à côté d'un homme et tu riais. Je suis passé devant, observateur impuissant. Je n'ai pas su comment réagir. Je n'ai jamais su comment réagir. Personne ne m'a appris à être.

C'était bien de me donner la vie, mais j'aurais préféré avoir le mode d'emploi avec. Les parents font ça normalement, ils te traduisent la notice du suédois au français et t'aident à monter le meuble.

Une relation, ça se construit à deux, et je suis seul. J'aurais voulu comprendre avec toi et poser mon pied à terre, mettre de toutes petites pièces les unes sur les autres pour apprendre à aimer. Moi je sais faire, c'est grand-mère qui m'a appris. Grand-mère m'aime. Dans des rires par milliers, dans des vérités inavouées, dans des tas d'activités pour couvrir le vide sous nos pieds.

La famille, c'est la maison du cœur, mais je n'habite nulle part. Je suis coincé entre les demi-mensonges et l'absence. Ma maison flotte mais je ne vole pas assez haut. Je voudrais les atteindre, les briques flamboyantes et l'herbe verte, mais mes ailes sont coupées. Je suis un oiseau sans nid dans des nuages de rouille.

Papa est mort. Toi, tu n'es pas morte. Tu n'as pas le droit de te cacher. Il aurait fallu être dans une maison ensemble, mais tu as vendu celle dans laquelle dansent mes premiers souvenirs et tu m'as vendu avec.

J'ai tenté de me modeler pour toi. Mais à force de se jeter dans le feu pour s'endurcir, on devient raide, sec, sensible aux chocs et on ne peut plus bouger.

J'aurai mis longtemps à voir que je parlais à un mur.

ELISA VINTEUIL

DÉCHIRURE

ROUGE SANG

850606

AVERTISSEMENT DE CONTENU :

SANG

Assise contre un arbre. Regard au ciel. Ne pas bouger. Ne pas parler. Tant qu'elle se tait, qu'elle ne bouge pas, rien n'est réel.

Compter. Secondes, minutes, arbres du parc, maisons en face, brins d'herbe sur le dos de la main. Huit, dix, seize. Compter encore. Dix, quinze, vingt.

Mais les nombres s'enfuient, disparaissent. Ils volent en lambeaux. Déchiquetés par l'ouragan de sang qui hurle à ses tempes.

Non. Concentre-toi.

Vent qui claque. Fenêtre, en face, ouverte. Colorée. Bleue. Comme le ciel.

Le temps l'englue sur place. Lui bouche le nez, la gorge, les poumons, le ventre. Un corps qui marche de moins en moins bien. Rattrapé par le monde, il se casse inévitablement, comme une sculpture de glace. Façonné pour l'éphémère.

Elle a de l'antimatière dans la gorge, les yeux au bord de l'explosion. La fenêtre. Toujours bleue. Une souris lui court sur les doigts. Autre petit système de veines, de sang, poumons minuscules, reliés à un nez, un squelette, un cerveau.

La souris pulse, c'est une boule de vie. Ses yeux noirs brillent comme deux billes d'encre. Elle s'enfuit entre les racines de l'arbre quand elle comprend qu'on la regarde.

Retour à la fenêtre. La fenêtre n'est plus bleue.

Elle est rouge.

Rouge sang quand à la fenêtre apparaît enfin une tête. Une tête brune avec des lunettes transparentes. Après toutes ces heures d'attente. Il se retourne. Lance une phrase derrière lui. Fait un geste pour fermer les rideaux. Il ne la reconnaît pas.

Et d'un seul coup c'est le ciel qui se teinte d'écarlate. Comme une tache qui se répand à l'horizon et drape le monde qui se brouille. Elle ne respire plus, sent ses veines s'ouvrir. Sa peau reste intacte, blanche, mais elle saigne quand même, elle repeint le monde comme s'il était une toile vierge.

Elle étouffe. Un poisson hors de l'eau. Le rouge progresse. Le sang se vide.

Stop.
Elle rouvre les yeux.

Le ciel est bleu. Tsunami retiré. Le rouge siphonné.

Le monde est intact.

Mais la tache rouge reste. Au coin de son œil.
Une tache minuscule à l'angle du nuage.
Comme un insecte. Une luciole écartelée dans une pupille.

Elle se lève.
C'est fini. Elle accepte.
Il faut respirer.
Continuer à marcher lorsque le cœur arrête de battre.
Plutôt vivre.
Effacer d'un clignement des yeux les couleurs.
Plutôt rire au visage de la douleur que de se retenir, du bout des ongles, aux petits morceaux sanglants d'un sourire qui n'existe pas.

Eva Orbelune

L'Éveilleuse

Amarante
91283B

20 avril 2024

Ma chère Amarante,

C'EST ASSEZ FOU de se dire que ce prénom si étrange m'est devenu familier. Au départ, ce mot m'évoquait au mieux la plante aux fleurs d'un rouge pourpre, et au pire, il ne m'évoquait rien du tout. À présent, il désigne la poésie de tes phrases, le charme désuet de notre correspondance et l'image que je me suis faite de toi ; cette couleur est devenue le symbole de nos échanges. Tes mots écrits à l'encre noire me paraissent presque rouges.

Je te comprends mieux que quiconque sans t'avoir jamais rencontrée. J'ai l'impression de te connaître depuis toujours et, bien souvent, de te connaître mieux que moi-même. Je ne sais rien de ton visage ou de tes mimiques alors que tu m'as confié tes secrets. Parfois, je te dessine à l'encre de tes mots, j'interprète ton écriture pour te donner forme. Sans cesse, je corrige tes contours. Je caresse le grain du papier comme s'il s'agissait de ta peau. Je le respire en imaginant ton parfum. Tes phrases résonnent en moi : je peux citer de mémoire des passages entiers de ta prose. Je devine tes émotions à l'épaisseur de tes traits, à la courbe déliée ou non de tes lettres. Quand tu es pressée, les caractères se bousculent. Lorsque tu es calme, le trait est fluide. Si la colère te gagne, l'encre perce le papier. Je lis les lignes, mais aussi tout ce que tu ne dis pas. À défaut de me familiariser avec tes expressions faciales, je m'habitue aux particularités de ton style.

Je suppose que tu peux en dire autant de moi. M'associerais-tu, toi aussi, à une couleur comme la couleur amarante est devenue la tienne ?

Quand j'ai répondu à ta lettre de remerciement, je n'imaginais pas que nous allions entretenir une correspondance nourrie, qu'à travers nos échanges, nous apprendrions à si bien nous connaître.

Si tu avais été un homme, sans doute n'aurais-je pas donné suite. Les premières fois, vois-tu, j'ai répondu aux hommes qui me contactaient. Quand ils louaient mon talent, je me sentais puissante. Lorsqu'ils me critiquaient, j'essayais d'y voir une opportunité de progresser. J'étais encore pleine d'illusions à cette époque, un peu naïve aussi... En écrivant ces lignes, je souris, désabusée.

Au bout du compte, ils étaient partout : par courrier postal, dans ma boîte mail, sur mes réseaux sociaux. Ils me donnaient des conseils, eux qui n'y connaissaient rien, comme s'ils savaient tout mieux que moi, moi dont c'est pourtant le métier. Ils m'envoyaient leurs textes pour que je les corrige, comme si cela leur était dû, sans envisager une rémunération, sans craindre un refus. Comment aurais-je pu dire non ? À croire qu'ils me faisaient une faveur en me sollicitant ! Moi, je n'aurais jamais osé, mais eux oui. Sans remords. À certains, plus subtils ou peut-être plus manipulateurs au fond, je me suis confiée sans imaginer une seconde que mes confidences se retourneraient contre moi, que leur écoute aurait un prix : celui de mon corps.

J'ai lu un essai il y a peu qui abordait justement ce sujet : *Le Cœur sur la table* de Victoire Tuaillon. Elle renversait le regard masculin sur les relations femme/homme et rebaptisait la *friendzone* en *fuckzone*. Je te partage un extrait parlant : « [...] être fuckzonée, c'est être, de fait, réduite à une fonction sexuelle. Fuckzoner les femmes, c'est interagir avec elles en fonction de leur seul potentiel de partenaires sexuelles. C'est arrêter de leur parler quand on apprend qu'elles ne sont pas célibataires. C'est sexualiser les relations, partout, tout le temps. En fait, c'est une autre façon de refuser aux femmes de les considérer comme des personnes à part entière. [...] Être faussement écoutée, pas vraiment prise au sérieux ; c'est une sensation si banale qu'il arrive qu'on ne la remarque plus. Et qui participe à l'auto-dévalorisation des femmes : comment peut-on avoir confiance en soi, sentir nos désirs, nos envies véritables, quand on nous renvoie que ce qu'on dit, ce qu'on est ou ce qu'on fait ne compte pas vraiment ? L'existence de cette fuckzone nous impose d'être tout le temps sur nos gardes. Et cela vaut autant dans la sphère personnelle que dans le cadre professionnel. Autrement dit, la mentalité du prédateur impose aux femmes un rôle de proie.[1] » Ce changement de perspective a résonné en moi : ils envisageaient notre relation uniquement à travers leur propre prisme, sans jamais me demander mon avis. Avant ça, je culpabilisais d'avoir pu être ambiguë alors qu'aucun d'eux ne pensait à mes états d'âme.

Mais tu n'es pas un homme.

Avec toi, c'est plus simple.

Je n'y aurais jamais cru. Le patriarcat a pollué toutes mes relations, aussi bien avec les hommes qu'avec les femmes. Pendant trop longtemps, mes amitiés ont été superficielles. Entre filles, on évitait de nombreux sujets, surtout ceux inhérents à notre quotidien (le désir, les menstruations par exemple, des thèmes dont on parle souvent toi et moi), et nos relations avec les hommes avaient toujours la priorité. Combien de personnes ai-je perdues de vue lorsqu'elles ont emménagé avec leur compagnon ou qu'elles se sont mariées ? Quand l'une d'entre nous

---

1. Extrait de *Le Cœur sur la table : pour une révolution amoureuse*, Victoire Tuaillon, Binge Audio Éditions, Paris, 2021.

n'était pas là, on la critiquait dans son dos, surtout sur son apparence. Nos interactions étaient dictées par les injonctions à la beauté traditionnelle, la rivalité et l'hypocrisie, le tout caché derrière un sourire. Je m'en aperçois au fur et à mesure que mon regard sur le monde change. Et parfois, j'ai honte de mon comportement d'avant.

En vérité, notre correspondance me nourrit : humainement, émotionnellement et intellectuellement. En confrontant nos expériences, nos points de vue, nos vécus, nous grandissons toutes les deux. Je peux te parler de tout en sachant que tu ne me jugeras pas, qu'on peut être en désaccord. Entre ces pages, au moins, je ne dois pas me censurer.

Tu es ce que j'ai toujours attendu des hommes en imaginant à tort que seul l'amour hétéronormé pourrait combler ce vide à l'intérieur de moi. En fait, ce que je percevais comme un vide était plutôt une zone d'ombre, composée de parts de moi-même refoulées que je (re)découvre chaque jour. Maintenant que je me connais mieux moi-même, dans mon entièreté, ce que je cherche chez les autres relève davantage d'un véritable désir et non d'une projection. Ce ne sont plus mes manques que je souhaite combler, mais un vrai lien que je tisse avec les autres.

Notre relation est sans doute la chose la plus précieuse dans ma vie. D'un côté, je trouve ça triste : il m'a fallu attendre autant d'années pour m'épanouir enfin. D'un autre côté, je trouve ça beau : il faut reconnaître le charme de ce qui nous arrive.

D'une relation, je peux à présent dire que j'attends de la confiance, de la complicité, de la tendresse et de l'émulation intellectuelle et/ou artistique. Pas de romance, pas de sexe, pas d'attirance physique. Il a fallu que notre correspondance prenne une place si importante dans ma vie pour que je revoie mes priorités. Des priorités que je pensais être les miennes alors qu'elles n'étaient que le reflet des diktats de la société. C'est fou, tout de même, de se dire que nos désirs ne nous appartiennent pas, qu'ils sont profondément influencés par le monde dans lequel on vit et on a été éduqué·e ! Quel chemin il me faut parcourir chaque jour pour me défaire de toutes ces injonctions.

Heureusement, tu es là pour m'encourager et m'ouvrir l'esprit. Ce que l'on vit ensemble en dehors des standards est, pour moi, une véritable révolution. Une bouffée d'air frais et un refuge, aussi. Parce que changer de regard sur notre quotidien, c'est violent. C'est ne plus rien voir sous le même angle. C'est être en colère, partout et tout le temps. C'est percevoir chaque injonction et identifier les comportements abusifs ou intrusifs. C'est cesser d'entretenir certaines relations pour conflit d'opinions. C'est ne plus se sentir en sécurité, car on est trop conscientes de ce que le monde nous a pris et continue de nous prendre, chaque jour. C'est pleurer pour les femmes et les minorités. C'est écrire pour dénoncer, pour conscientiser. Je ne peux pas taire ce qu'à présent je sais ; ça déborde de moi. Mon féminisme infuse dans ce que je suis : mes réflexions, mes centres d'intérêt, ma manière d'être, mes choix de vie, mes lectures, mes relations, mes écrits. Il infuse dans notre correspondance, dans ma manière de communiquer sur les réseaux sociaux, dans les thématiques que je choisis d'aborder pour des ateliers d'écriture ou en interview. C'est avec moi à chaque instant. Pas de retour en arrière possible. Et, même si c'était possible, je ne veux plus fermer les yeux.

Mon féminisme a fait son chemin, petit à petit, parfois sans bruit, parfois à grands cris. Mes proches se sont retrouvé·e·s embarqué·e·s, peut-être malgré elleux au départ. Sur certains sujets, je les sentais ignorant·e·s ou réfractaires et, pourtant, chez elleux aussi, ça progresse. J'ai l'impression que, de moi, ça affleure et ça éclabousse. Parfois quelques gouttes, parfois une bruine légère, parfois une ondée, parfois une pluie intense. De moi, ça se répand. Ça les nourrit et ça me nourrit en retour. Ensemble, nous avançons tous·tes pas à pas.

D'une certaine manière, c'est grâce à toi, ma chère Amarante. Je sais que tu n'aimes pas que je dise ça, que tu penses que j'y serais arrivée d'une façon ou d'une autre. Mais, dans mon cœur, c'est ainsi que je le ressens. Tu as été mon déclic, mon « Éveilleuse » comme j'aime à le penser. C'est joli, tiens, ça ! Ça m'évoque une histoire. Je sens l'idée germer en moi. « L'Éveilleuse », un titre puissant. Un titre qui parle d'une femme aux pouvoirs particuliers.

Je m'en aperçois à présent : je ne suis plus attirée par les mêmes choses qu'auparavant, surtout pour mes lectures. Je cherche des titres qui parlent de femmes, des couvertures qui montrent des femmes et des histoires portées par des femmes, tant dans le récit que dans leur écriture. Ce n'était pas une démarche consciente, ça s'est installé petit à petit. Mais depuis que je m'en suis rendu compte, j'y fais encore plus attention. Quand je saisis un livre à présent, je lis souvent la dédicace s'il y en a une, la biographie de l'autrice et les remerciements ; ça me convainc ou non de l'acheter.

En parlant de ça, j'ai lu aussi *Le Génie lesbien* d'Alice Coffin (je suis dans ma période essais féministes, comme tu as dû le remarquer). Elle dit qu'on nous impose le regard des hommes partout et depuis si longtemps qu'elle a décidé de consacrer son temps aux femmes. Je te reprends ses mots exacts parce qu'ils ont résonné en moi : « Il ne suffit pas de nous entraider, il faut, à notre tour, les éliminer. Les éliminer de nos esprits, de nos images, de nos représentations. Je ne lis plus les livres des hommes, je ne regarde plus leurs films, je n'écoute plus leurs musiques. [...] Les productions des hommes sont le prolongement d'un système de domination. Elles *sont* le système. L'art est une extension de l'imaginaire masculin. Ils ont déjà infesté mon esprit. Je me préserve en les évitant.[2] » Ça s'est opéré en moi progressivement, parce que je ne me reconnaissais plus dans les productions des hommes, ou si peu. Parce que les femmes, leurs vécus, leurs victoires me manquaient. Parce que c'est ce que j'ai envie d'écrire. Alors, comme Alice Coffin, j'ai peu à peu écarté les hommes et leurs productions artistiques de ma vie. Pas de manière totalitaire, parce que je pense que certains ont des choses importantes à dire et que nous devons construire un monde meilleur tous·tes ensemble.

2. Extrait de *Le Génie lesbien*, Alice Coffin, Grasset, Paris, 2020.

Oh, il est déjà si tard ! Je n'ai pas vu le temps passer... Je clôture ici ma lettre ; j'assiste à un spectacle de danse contemporaine, ce soir. Ça s'intitule « Nuances » et ça parlera de couleurs. J'y verrai peut-être ton rouge si particulier... Je te raconterai !

Affectueusement,
Eva

Louise Vandepoortaele Le Guerroué

Casier
ROUGE
CARMIN

Rouge carmin
960018

AVERTISSEMENT DE CONTENU :
HARCÈLEMENT SCOLAIRE, VIOLENCES
PSYCHOLOGIQUES ET PHYSIQUES, MEURTRE

Je me glisse, invisible, dans les labyrinthes de mon
enfer,
Mes pas frôlent le sol, timidité symptomatique
qu'inspire ce cimetière de rêves d'enfant,
le « collège ».
Un mois que l'année de cinquième a commencé.
Trente jours que je redoute ces murs carrelés de
bleu,
Aquarium anxiogène pour des poissons amateurs.

Premier cours de la journée : histoire.
Des pharaons à Clovis, venez à mon secours, vos
vies semblent si loin et mon calvaire semble si
long.
Les deux mains cramponnées à mon cartable.
Plus vite le cours commence, plus vite dans un
autre monde mon esprit se balance.

Cependant, même Magellan a connu d'immenses
tempêtes...
Désastre attendu, prévisible, je suis celle que les
professeurs favorisent,
Mais pour les élèves, ils y vont de bon cœur,
je suis le souffre-douleur.

Seul refuge : mon casier rouge carmin,
Sanctuaire de mes croquis et photos floues d'un
animal,
Lumière d'innocence, petit être qui ne sait même
pas nager,
Félin perdu dans l'océan du harcèlement.

Elle approche, aux abris.
Claquement sourd du rouge refuge.
Plus rien ne me protège, il faut nager,
Nouveaux reçus : insultes et mépris sur de petites
missives,
Fautes d'orthographe sont de mise,
Ses sbires ne manquent pas d'idées, ils doivent
bien s'ennuyer.

NOVEMBRE 2016

Rien de nouveau dans le laboratoire aquatique
des champions de la noyade.
Cible facile, insatiables gamins.
Refuge immédiat au casier rouge carmin.
Leurs torpilles effraieraient même la plus discrète
des dorades.

Louise Vandepoortaele Le Guerroué

L'heure redoutée arrive,
Midi sonne, tentation ultime de sauter sur l'autre rive.
L'envie de vomir tambourine,
Moqueries, rires à demi camouflés,
Comme si leur cruauté se devait d'être dévoilée.
Un, deux, trois pas, des mains arrachent ce qu'il
reste de mon repas,
Je sors pressée de ces rochers dangereux, tout
espoir de paix vole en éclats.

JANVIER 2017

Je ne me languis plus de sortir de ce cauchemar,
Le syndrome de Stockholm est-il devenu mon
essence ?
De jolis pas de danse accompagnent les coups sur
mes côtes.
L'arrogance aurait été d'espérer sortir aussi vite de
ce brouillard.
Mon bateau manque de vivres et le reste de
l'équipage a depuis longtemps quitté le pont par
sa faute,
Je ne suis plus très sûre de tenir la barre, je ne suis
qu'un témoin inerte, à peine consciente d'être
contrainte au silence.
Si je travaille à leur place,

Peut-être me confondront-ils avec le mobilier ?
Mais j'ai parlé trop vite,
Voilà qu'ils m'ont enfermée.

Je cours, mon visage trempé, vers le casier.
Encore ce rouge,
Je l'ouvre. Ai-je seulement quelque chose à y
cacher ?
Fausses déclarations d'amour, cahiers déchirés,
Grand sourire,
À peine le temps de crier et de fuir,
Que le rouge de mon casier me rit au nez.

❖

FÉVRIER 2017

Sous ses ordres, ils l'ont détruit, exterminé.
La petite porte est explosée,
Plusieurs pétards,
Tout est réduit en cendres, un cauchemar.

Le rouge carmin n'est plus. Il n'est que sombre et
feu,
Miroir brisé de ce que mon cœur me demande.
Je ne prendrai pas cette décision, il n'est pas
l'heure d'allumer la lumière.
Un jour, je les ferai tous passer aux aveux.

Louise Vandepoortaele Le Guerroué

Janvier 2024

L'image de ce casier me hante chaque jour,
Souvenir inlassable qui fait grimper mon désir de
punir.
Je dois vous prévenir,
Le reste n'est pas dit, mais murmure en moi
comme un refrain sourd.

C'est encore trop présent dans ma tête.
Je veux lui parler.
Il faut qu'elle fasse partie de la fête.
Va-t-elle s'excuser ?
Elle rit aux éclats.
Mon poignet tremble et serre la lame en acier.
Je me demande si je ne suis pas restée coincée au
fond de ce casier.
Fracas.

Quelle jolie flaque rouge carmin.

Chloé Derain

OXYDORÉDUCTION

ROUILLE

985717

quand l'été commença à dessiner de longues perches sur ma nuque, je connus le goût salé de l'oubli. le clinquant de mon corps s'effritait à grande vitesse : les clavicules saillantes, le dos arborescent, je m'auto-immolais dans les cafés trop chers & les rues sans réverbères ; sur l'autoroute des rencontres manquées, la laideur gravissait mon échine. il fallait me voir rire : dents automates & ventre vide, je couronnais la nuit de cerceaux d'épines, j'arrosais les bus d'essence & à bout de souffle, je dansais jusqu'à perdre de vue les feux tricolores. le temps était une chambre noire : les galaxies s'irisaient sur la pellicule de mes seins & retouchées sur photoshop, mes amours avaient l'insouciance d'un précipité chimique. recouvert de patine, mon regard se corrodait au rythme de l'electropop qui tintait à mes oreilles : à l'heure brûlée qui s'unissait au jour, j'appris à offrir mes yeux extensibles & mes maigres possessions.

tout cessa alors de m'appartenir ; ma joie devint un candélabre allumé pour d'autres fenêtres, mon sexe un sacrifice sans passion ni visage. pourtant je me croyais encore aussi riche que crésus. livide comme un enfant-lune, fertile en absences & en mémoires, je me morcelais : dû omis par un caissier peu scrupuleux, affiche déteinte entre deux taxis, je descendais en habits transparents les escaliers d'une nouvelle grisaille. toute lumière était oxydation : marcher & chanter devenaient des prétextes neufs pour un cercueil sans cadavre. quand enfin il me fallut dévisser le ciel de ma peau aqueduc, je compris que j'avais les mains trouées. dépossédée & vierge de tout avenir, je venais d'atteindre la lisière d'un champ de mines : engoncée dans l'érosion de mes doubles vies, je conçus à l'abri d'un silence la progéniture du brouillard.

Bertille Bricou

Rouge Titien
9D4236

ARIS, 1868. Les gazettes s'envolent d'entre les mains d'un jeune gavroche. Sa bourse gonfle et, partout sous l'écho des fers qui cognent le pavé, le fait divers frémit. Il menace autant qu'il lasse. Six matins déjà qu'il bruisse, éclate en gros titres. Les plumes glissent sur tout ce sang versé. Les femmes, dans leurs robes soyeuses et encombrantes, marchent à pas soutenus, aux aguets. Les journaux lus à la hâte s'emmêlent dans le vent avant d'être piétinés par les sabots pressés des calèches.

Paris s'émeut.

Le spectacle est éprouvant tant il tend à la folie. Je caresse la main gantée de ma mignonne entre mes doigts, rassurant. Nous n'irons pas au bois, ma belle, dans ce matin d'été si doux. La toilette d'Aglaé jure avec son teint et les traits parfaits qui dessinent son visage : des lèvres fines et pourpres, les joues rebondies d'une enfant gourmande, une chevelure brune qui ondule et s'échappe de son chignon. Des sourcils épais marquent d'un charme attractif ses yeux d'obsidienne. Quelle merveille ! À mon bras, je la conduis à travers le jardin en direction du musée du Luxembourg où une exposition dédiée à mon coup de pinceau offre aux Parisiens la contemplation de mes œuvres magistrales, mes gibiers. Mes trophées de chasse, cette viande viscérale et putride peinte à la perfection, subliment le hall d'exposition. Nous y pénétrons, la taille de ma demoiselle entre mes mains. À mon plus grand étonnement, c'est une foule grouillante qui s'agite autour de nous. Indifférente à ma personne, l'idiote bourgeoisie s'offusque. Des plaintes misérables résonnent dans la galerie. Un homme ordonne au collectionneur qu'on appelle le responsable du musée, qu'on décroche ces tableaux infâmes... Il jure et pourtant la curiosité pousse la foule à entrer. On me bouscule alors que, sous les tableaux, en lettres d'or, se trouve mon nom.

Le scandale tonne. Il est question de nature morte. Comment peuvent-ils réduire ma création, la sublimation éprouvante d'un être mortel, à un objet d'art éternel ? Un tableau dans lequel la beauté charnelle et le sang continuent de briller. Comment peuvent-ils rester indifférents au charme de ce genre mineur que je tente de transcender ? Un jour, lorsqu'ils videront mon atelier et sa réserve, ils ne pourront que tomber en admiration devant mon art. En attendant, je subis leurs critiques. « Peu d'intérêt, toutes ces compositions inertes. Cézanne a quelque chose de plus. Les vanités sont dépassées... » Quelle cacophonie !

Mademoiselle Aglaé Sognier réprime une grimace m'arrachant à ma rêverie tortueuse. L'odeur semble l'incommoder. Aglaé préférerait donc les fragrances plus suaves d'une peinture à l'huile éclatante. Ô ma douce, quelle niaiserie... Mademoiselle ne presse pas le pas, elle cherche à me duper.

— Quelle magnifique pièce de chevreuil, s'émeut-elle le bras tendu en direction d'une de mes compositions délicieuses, où une patte de l'animal écorché gît près d'un civet dans une assiette d'argent, sous un bouquet de fleurs écloses.

Nous quittons la galerie par l'arrière du bâtiment. Le teint d'Aglaé retrouve sa lumière sous l'éclat du soleil. Je l'invite à déjeuner sur l'herbe. Augustin, valet de pied à deux sous, embauché au début du mois, nappe la pelouse à l'ombre de la grotte de Médicis. Il agit avec charme dans sa livrée ridicule. Je maîtrise mon sourire moqueur, tandis qu'il dresse un semblant de table entre nous. Une composition grotesque au milieu de laquelle il dépose une rose sanguinolente. Aglaé rayonne. Ses lèvres dansent :

— C'était magnifique, Edouard ! Fascinant. Vous avez une telle finesse. Votre coup de pinceau est délectable. Mais pourquoi vous restreindre à ce genre mineur qu'est la nature morte ? Ne croyez-vous pas que...

La nature morte est à enterrer ? Et le latin ? devrais-je répliquer. Ma mâchoire se verrouille. Je sais la bassesse du propos. Tout sourire, je joue de mes charmes.

— Le genre est usé ? Cézanne, Eugène Claude... Sont de meilleurs peintres ? Je tente de sublimer le genre, idiote.

La gifle me démange les mains. Je fixe mon attention sur ma physionomie. Ne rien laisser paraître. Jouer la même scène. Je compose l'expression de mon visage. J'affiche un air de sécurité. Je pose ma voix et lui donne un ton charmeur :

— Oh Mignonne, je vais vous faire une révélation : j'y travaille.

Je baise sa main avec délicatesse.

— « Étoile de mes yeux, soleil de ma nature, / Vous, mon ange et ma passion ![1] » Souhaitez-vous y contribuer ? J'aimerais vous peindre comme je peins ces roses avant qu'elles ne fanent. J'incarnerais votre charme dans une toile, tel un véritable Titien ! Pour la beauté du geste, j'empourprerais votre chevelure de son rouge doré. *Son pittor anch'io ![2]*

---

1. « Une charogne », *Les Fleurs du mal*, Charles Baudelaire, Poulet-Malassis, Alençon, 1857.

2. « Je suis moi aussi peintre ! », citation de Diderot dans le *Salon de 1763*, 1763.

Je la séduis et la berce des somptueux vers du poète maudit, ajoutant l'arrogance d'un Diderot passionné. Ô sa Charogne, mes gibiers. Le rire d'Aglaé grelotte comme des perles et elle accepte dans un gloussement sot. Je ne sais pas encore s'il est temps pour son tableau... J'improviserai. Les artistes savent improviser. Nous finissons avec complicité les mets crémeux aux morceaux de fraises et la liqueur dans nos verres. Augustin ramasse les vestiges de notre déjeuner sur l'herbe. Aussitôt, le cocher se présente aux portes du parc.

Aglaé entre dans l'atelier. Son charme me rappelle celui de Margot, d'Héloïse, de Constance, de Charlotte, d'Aude et de Salomé. Aglaé, détachée de mon bras, évolue entre les toiles inachevées, des brouillons de l'âme. Son enthousiasme discorde avec sa physionomie et ses gestes qu'elle semble articuler avec crainte. Pourtant, dans son regard, elle semble éblouie par tant de beauté. Jalouse ou presque des portraits de femmes sublimes déposés sur les murs. À mesure qu'elle avance dans mon atelier longiligne en prenant garde de contourner les chevalets et les flaques de couleurs fraîches encore au sol, j'ouvre les fenêtres avec discrétion. La demoiselle se retourne, interloquée par mon geste.

— Vous ne trouvez pas que l'on étouffe, ma belle ?

Elle me répond d'un sourire. L'odeur ferreuse et âcre n'est pas celle des pinceaux vieillis et elle a déjà failli me perdre. Près de mes palettes multicolores, luisent dans un reflet de miroir brisé mes couteaux brunis de sang. Celui de Margot. J'ai fini de peindre son tableau tard dans la nuit. Une peur soudaine et vive traverse ma poitrine. Jamais je n'ai été aussi désorganisé. La sueur goutte sous mon haut-de-forme. Dans un mouvement incontrôlé, ma main se porte à ma moustache. Aglaé, face à la réserve, s'apprête à y entrer. La porte est ouverte. Elle a vu.

Je vais la tuer.

Je vais la tuer immédiatement.

Je vais la tuer comme les autres avant elle.

Le meurtre était dans mes projets ; il a toujours été l'objectif de mes fréquentations. Car il me faut un modèle pour peindre la mort qui s'échappe dans des yeux révulsés et la beauté des charognes. Mais je reste homme. Il me faut profiter des doux charmes de ces enfants de bonnes maisons. Intelligentes, elles le sont et je n'en doute point. C'est de la terreur dans leurs yeux, lorsque l'étau de mes bras se resserre, dont je jouis. La peur et le dévouement sans mesure pour acheter leur pardon. Quelle idiotie de penser pouvoir se faire passer pour indispensable lorsque ce sont leurs cadavres que je convoite.

Je m'élance violemment entre les toiles, ma main glisse sur le buffet, vide. Ma dague devrait s'y trouver. Qu'en ai-je fait ? J'hésite, dans un éclat d'inconscience, à appeler Aglaé, l'air de rien. À la faire s'asseoir face à ma toile encore vierge. Mais la môme entre dans la pièce. A-t-elle aperçu de loin son destin peint sur les six tableaux accrochés aux murs ? Je poursuis ma progression. Mes mains s'agrippent à sa gorge. Puis parcourent son corps. Un cri résonne dans la réserve. Je ne sais même pas si c'est d'elle ou de moi qu'il provient. Une douleur incommensurable détend mon emprise. Je me sens défaillir, percuter le sol et mon regard se pose sur la charogne d'Héloïse. Sa peau est rosée sur ce tableau. Ses cheveux sont rouge Titien, de la peinture blanche et une goutte de son sang pour pigment. Mon maître d'art avait raison :

Les formes s'effaçaient et n'étaient plus qu'un rêve,
Une ébauche lente à venir,
Sur la toile oubliée, et que l'artiste achève
Seulement par le souvenir.

Lorsque j'étais revenu des vignes de Montmartre, il avait fallu chasser le souvenir du cadavre gris d'Héloïse, de l'horreur dans ses yeux, un démon exorcisé, pour le souvenir de sa beauté et de la nuit charnelle que nous avions partagée.

J'ai réitéré le processus. Repérer la beauté parfaite et parnassienne, divine. La charmer, évidemment. Maîtriser l'ardeur de mes passions. Nous filions souvent l'amour parfait, mesuré, durant plusieurs mois. J'avais essayé l'art des portraits, mais leur beauté perdait de leur charme. Elle n'avait rien, esquissée fugacement, de frêle, de périssable. Ces peintures ne m'apportaient guère de satisfaction ou de jouissance. Aucun émoi. Je voulais rendre à leurs portraits la fugacité des vanités, des compositions inertes. Il me suffisait de les tuer : empoisonnements, armes blanches ou à feu. Le plus difficile était de porter leur corps dans le Paris endormi. Je composais alors la scène, une scène de crime que je m'empressais, dissimulé, de griffonner. Je sais mon art condamné à scandaliser. Cependant, je m'applique à parfaire l'art du crime car j'ai l'intime conviction que *mes amours décomposées* seront reconnues comme la « Charogne » de la déité Baudelaire, comme le rouge de Titien.

Bureaux : 5, rue Coq-Héron

FLUCTUAT NEC MERGITUR

Jeudi 16 août 1868

LE GRAND JOURNAL
NATIONAL, POLITIQUE ET ARTISTIQUE

France

Paris
Mercredi 15 août 1868

Nous en savons enfin davantage à propos des nombreux meurtres opérés ces derniers mois sur de jeunes femmes parisiennes. Hier matin, alors que les collectionneurs poussaient les lourdes portes de l'exposition du musée du Luxembourg, quelle ne fut pas l'épouvante du public lorsqu'il laissa son regard glisser sur les premiers tableaux. On leur avait rapporté l'horreur des carcasses superbes et les relents de sang. Jamais les critiques n'avaient fait écho de représentations cadavériques. À peine distinguable, Aglaé Sognier se tenait au centre de la galerie dans une robe souillée de taches multicolores et sombres. À ses pieds, le peintre Edouard du Buy gi-

sait, un glaive enfoncé dans sa cuisse gauche. Plus loin, Augustin Sognier, mari de la jeune femme, se frayait un chemin parmi la foule horrifiée, les forces de l'ordre sur ses talons. Le peintre, retrouvé dans un état critique, est aujourd'hui hors de danger et écroué à la prison de la Santé. Pour rappel, il avait assassiné la sœur de M. Sognier, Charlotte Domenuire (veuve) ainsi qu'Héloïse Dupuit, Margot Curier, Constance Facre, Aude Zely et Salomé Trabe, avant de peindre les scènes de crime de ses victimes en utilisant leur sang comme il en avait l'habitude lorsqu'il peignait ses natures mortes. Le couple Sognier avait alors monté un stratagème afin de piéger le peintre Edouard du Buy. Malgré l'effroi de cette affaire, la critique salue l'art du crime.

M. Siluce,
secrétaire de la rédaction

Un sourire fend mes joues.
« La critique salue l'art du crime. »

Eve Renard

Récit
d'une
Apocalypse

Rouge de mars
AI25IB

— J E LE VOIS !

— Ah bon ? Tu vois ton père d'ici ?

— Bien sûr ! Même qu'il m'a fait coucou !

Bastien recula son visage, jusque-là collé au télescope, pour céder la place à sa mère. L'air très concentré, Laure ramena une mèche blonde derrière son oreille et humecta ses lèvres asséchées par le sel. Le vent, bienvenu en ce mois d'août écrasant de chaleur, balayait la plage.

— Hum, avec un peu d'imagination, je l'aperçois aussi...

Elle scruta la surface crevassée de Mars. Avec l'instrument d'astronomie, la planète rouge semblait tout près, comme s'il suffisait de lever le bras vers le ciel étoilé pour la toucher du doigt. Pourtant, dès que l'on revenait à la réalité, elle n'était plus qu'une lueur parmi les millions d'autres qui peuplaient la nuit. Cette distance donnait le vertige à Laure. Comment son mari pouvait-il être si loin d'elle ?

Elle avait rencontré Cyril sur leur lieu de travail, dans les salins d'Aigues-Mortes. Elle était fille unique et avait perdu ses parents jeune, tandis que lui avait coupé les ponts avec sa propre famille. Fonder la leur s'était imposé comme une évidence. La vie n'avait pas été tendre avec eux, Laure avait eu tellement de mal à tomber enceinte de Bastien douze ans plus tôt ! Mais ensemble, ils avaient toujours affronté le monde comme un bateau affronte la tempête. Ils étaient des enfants de la mer. Laure n'avait aucune envie d'abandonner ce petit coin de paradis ; elle n'avait rien connu d'autre que cette vieille maison familiale où l'on devait sans cesse retaper quelque chose, et que la tâche physique de l'exploitation du sel dont elle se plaignait pour le simple plaisir de se plaindre.

Ce n'était pas le cas de Cyril. Lui, il planifiait des vacances dans les régions les plus improbables, il emmenait Bastien au cinéma et à la bibliothèque pour lui faire découvrir les mille et une merveilles du monde. Il jouait, beaucoup. Il dépensait sans compter au casino, achetait des tickets de loto au bureau de tabac pour se « sentir vivre », comme il le disait. Alors, quand il avait été sélectionné pour participer au programme *Arès II*, aucune des lamentations de Laure n'avait pu l'empêcher d'accepter.

Arès II était le projet de l'Agence spatiale européenne pour coloniser Mars. L'Homme avait épuisé les ressources de la Terre jusqu'à la moelle, ce n'était un secret pour personne. La seule solution pour sauver l'humanité, c'était la fuite, un nouveau départ ! Tout recommencer à zéro. L'établissement des premiers spationautes sur la planète rouge s'était révélé un succès au-delà de toute espérance. Grâce à *Arès II*, la colonie s'agrandissait désormais avec des civils issus de tous horizons, dont Cyril. Si la mission portait ses fruits, les familles de ces premiers Martiens seraient invitées à les rejoindre avant que le programme ne s'ouvre à d'autres candidats. Laure avait beau râler, elle irait, bien sûr, et emmènerait son fils avec elle. En attendant, chaque soir, elle se raccrochait à la silhouette de Mars pour oublier que les draps étaient froids à la place de Cyril dans leur lit.

— Allez, il se fait tard, dit-elle pour ravaler ses larmes.

Elle plia le trépied du télescope et le rangea sur son épaule.

✈

— Jackie, attends-moi !

Attendre ? Bien sûr que non, la chienne n'écoutait rien. Bastien ne voyait d'elle qu'un éclair blanc et brun filant le long de la mer, loin devant lui. Elle n'était pas censée dévier vers la plage. Maintenant, il peinait à la suivre avec son vélo qui s'enfonçait dans le sable.

— Vous devriez la tenir en laisse, bougonna un monsieur au visage rougi par le soleil.

— La plage est interdite aux cabots ! renchérit sa femme, allongée sur un transat avec ses mots croisés.

Bastien le savait bien. Il trouvait tellement injuste le fait que sa chienne ne puisse sauter à sa guise dans les vagues, contrairement à ces touristes qui envahissaient les campings et les hôtels en été. Dans son quartier, beaucoup de maisons n'étaient que des résidences secondaires inhabitées les trois quarts de l'année.

— On pêchait des crabes dans les rochers, expliqua Bastien, mais elle a couru après un goéland et je n'arrive plus à la rattraper...

— Eh bien, dépêchez-vous, jeune homme !

Plus facile à dire qu'à faire. Il se planta devant le couple :

— Vous me garderiez mon vélo ? S'il vous plaît ?

La femme claqua la langue, mais son mari acquiesça. Bastien leur abandonna sa bicyclette et ses baskets trempées pour s'élancer pieds nus dans le sable.

Jackie était encore une jeune chienne, qui obéissait davantage à son instinct qu'à ses maîtres. Cyril l'avait ramenée à la maison quelques mois avant son départ, pour offrir à sa femme et son fils une présence qui comblerait son absence. Bastien avait choisi lui-même son prénom. Il manquait certainement d'originalité pour un Jack Russell, mais entre un papa fan des vieux films avec Jackie Chan et une maman fascinée par les robes de Jackie Kennedy, la proposition avait été adoptée à l'unanimité.

Bastien retrouva l'animal dans une crique éloignée, envahie de hautes herbes et interdite à la baignade. Le courant y était plus fort. Jackie attendait sagement, la langue pendante pour haleter à grand bruit. L'adolescent plongea ses mains dans son pelage chaud.

— Waouh, c'est toi qui schlingues comme ça ?

Il examina sa gueule et ses crocs luisants, mais l'haleine de Jackie ne sentait pas plus le chacal que d'habitude. D'où venait cette puanteur qui flottait sur la crique ? Bastien ne tarda pas à trouver la réponse.

À un mètre de ses pieds nus, une sardine morte le fixait de ses yeux globuleux. Il recula vivement. Il n'y avait pas qu'une charogne dissimulée dans les hautes herbes mais deux, trois, dix, vingt... Partout où Bastien posait les yeux, un spectacle macabre s'offrait à lui. Des poissons de toutes sortes s'étaient échoués à perte de vue sur la plage, leur chair à l'air libre. Les goélands criaient au-dessus d'eux et s'en donnaient à cœur joie pour savourer ce festin qu'ils déchiraient de leur bec. Bastien n'avait jamais vu une telle quantité de cadavres concentrés en un seul endroit, pas même au port. Le cimetière marin semblait s'étendre à l'infini.

— Qu'est-ce que c'est que ça ?

Jackie aboya. Cette fois-ci, Bastien la retint fermement, même s'il ne doutait pas qu'elle avait déjà arraché quelques plumes à l'un de ces oiseaux. Il chercha du regard un bateau de pêche qui se serait renversé à proximité, ou même un pétrolier qui aurait causé l'asphyxie de tous ces poissons avec une fuite de mazout. En vain.

Qu'avait-il bien pu arriver à la mer ? Malgré la chaleur du soleil d'août, un frisson parcourut l'échine de Bastien.

✈

À peine eut-il poussé le portail rouillé par l'air marin qui délimitait le jardin, son vélo à la main et Jackie sur ses talons, que Bastien s'écria :

— Maman ! Il y a plein de poissons morts sur la plage !

Laure était assise à l'ombre sur la terrasse. Elle n'entendit pas son fils tout de suite, happée par la lecture du dernier courrier arrivé dans leur boîte aux lettres.

Madame,

En raison du succès rencontré par la mission ARÈS II, et conformément au contrat signé par votre époux et vous-même, nous avons le plaisir de vous inviter officiellement à bord du prochain vaisseau en partance pour notre colonie martienne. L'embarquement aura lieu au Centre spatial guyanais de Kourou, sous réserve d'examens médicaux satisfaisants.

Pour préparer au mieux votre voyage, vous trouverez ci-joint deux billets d'avion pour votre fils et vous, à destination de l'aéroport international de Cayenne-Félix-Éboué depuis Montpellier Méditerranée, avec escale à Paris-Charles de Gaulle. Le vol aura lieu le 29 mai prochain. N'hésitez pas à nous contacter pour tout renseignement supplémentaire.

Avec tous nos remerciements pour votre contribution à l'avenir de l'humanité,

L'Agence spatiale européenne
& la société Arianespace

Neuf mois... Au bout de neuf mois, Laure devrait quitter tout ce qu'elle avait connu. Cette maison sur la plage qui avait appartenu à ses grands-parents, les salins où elle s'abîmait le dos et les mains, cette côte battue par le vent où elle avait grandi puis élevé son fils. Au bout de neuf mois, elle serait dans les étoiles, prête à rejoindre Cyril sur une autre planète. L'attente lui semblait à la fois affreusement courte et désespérément longue.

Laure ignorait encore qu'elle ne monterait jamais à bord de cet avion.

La découverte de Bastien n'était pas due au naufrage d'un bateau de pêche ni d'un pétrolier. La réalité était bien pire.

Partout dans le monde, les plages se transformaient en cimetières d'animaux marins rejetés par les vagues. L'interdiction de consommer tout produit issu de la mer jusqu'à nouvel ordre fit la une des journaux. Le gouvernement déclara l'état d'urgence sanitaire et promit des mesures économiques exceptionnelles pour aider les entreprises du secteur. Laure se retrouva au chômage partiel.

Bientôt, les oiseaux disparurent à leur tour. Les goélands tombaient par dizaines, raides morts, sur les dunes, les bateaux confinés au port et les terrasses des restaurants aux volets clos. Puis ce fut le tour de la volaille dans les exploitations agricoles, des pigeons et des rats qui jonchèrent les trottoirs des grandes villes, des chiens qui les reniflaient et mordaient leur maître quand on leur demandait de lâcher ce butin.

Le virus se répandit comme une traînée de poudre. Il s'infiltrait dans l'appareil digestif, détruisait les organes un à un et empoisonnait le sang. Il causait des vomissements, des hémorragies internes et une forte fièvre pendant que le système immunitaire se défendait... jusqu'à la mort.

Bastien connaissait le mot « pandémie ». Il avait étudié la peste noire du Moyen Âge en cours d'histoire-géographie, et il se souvenait de la Covid-19 qui avait bouleversé le monde quelques années plus tôt, des masques en papier lui grattant le visage et de l'école à la maison loin de ses amis. Mais ce n'était rien en comparaison de la paranoïa qui gagna la population dès le premier cas de contamination d'un être humain, et qui se décupla au premier décès. On n'était pas sûr que le virus se transmette uniquement par la nourriture animale et le sang. Il se trouvait forcément aussi dans l'eau, dans l'air, et c'était un complot pour tuer les pauvres, non, c'était encore la faute des pédés et de leurs sales maladies ! Sinon, comment expliquer une telle épidémie, hein ? En tout cas, des entreprises spécialisées dans l'alimentation végane, et même dans les insectes – qu'on disait épargnés par le virus, même si aucune étude ne le prouvait encore – poussèrent comme des champignons pour tirer profit de la peur collective.

Les hôpitaux, puis les cimetières, furent rapidement pleins à craquer. Le facteur ne passa plus pour distribuer le courrier, ni les éboueurs pour ramasser les poubelles. Un jour, Laure revint du supermarché le visage griffé et les mains en sang, après s'être battue avec une autre mère de famille pour un paquet de pâtes. Le lendemain, on avait crevé les pneus, volé la batterie et siphonné le carburant de leur voiture devant la maison.

La santé de Jackie se dégradait de jour en jour. Elle vomissait tous ses repas, jusqu'à refuser de s'alimenter. Bastien retrouvait du sang dans ses selles. La fièvre faisait délirer la pauvre chienne dans son sommeil : elle gémissait de longues heures, sans qu'aucun appel ni aucune caresse ne la réveille.

La pharmacie la plus proche était dévalisée depuis longtemps.

— Je vais demander de l'aide aux Maurel, décida Laure. S'ils sont partis, je trouverai peut-être des médicaments chez eux.

M. Maurel était le vétérinaire de Jackie, et son fils un ami de Bastien au collège. Ils n'habitaient pas la porte à côté, et Laure n'avait pas de nouvelles d'eux, ni de ses collègues et anciennes connaissances qui ne répondaient plus à ses appels. Elle se rendit pourtant au domicile des Maurel. Que pouvait-il arriver de grave ? Elle n'avait pas oublié la scène du supermarché, la colère et la terreur dans les yeux de cette autre mère face à elle, mais un tel incident ne se reproduirait pas avec des personnes qu'elle côtoyait depuis des années.

Du moins, elle le croyait. M. Maurel l'accueillit sur le pas de sa porte avec un harpon de pêche à la main, le visage menaçant, méconnaissable. Laure eut beau supplier, il lui assura qu'il la tuerait si elle revenait. Il voulait seulement protéger sa famille, se dit-elle, mais cette rencontre acheva d'éteindre en elle toute foi en l'humanité. Elle raconta à Bastien que la maison était vide et qu'elle n'y avait rien trouvé pour soigner Jackie.

Quand les cauchemars de la chienne s'en allèrent enfin, elle mourut en paix.

Personne n'aida Laure et Bastien à l'enterrer au fond du jardin. Ils creusèrent sa tombe sous un jeune olivier, que Cyril avait planté à la naissance de son fils.

— Papa, s'il te plaît, viens nous chercher...

Bastien murmurait ses prières aux étoiles, l'œil rivé sur le télescope qu'il avait planté devant la fenêtre de sa chambre. Tous les soirs, il cherchait Mars, ce disque si rouge et si lointain.

À la rentrée de septembre, il aurait dû retourner au collège. Les profs, les devoirs, les amis, tout cela appartenait déjà à une autre vie... Bastien ne sortait plus à la pêche au crabe, mais pour récolter les fruits et légumes du potager, voire s'aventurer dans les maisons abandonnées du voisinage en quête de nourriture.

Toute la journée, il restait prostré devant ses jeux vidéo en ligne, puis devant les informations quand Internet cessa de fonctionner. Des scientifiques, diplômés dans des domaines toujours plus compliqués et abstraits, se succédaient sur les plateaux télé et débattaient de l'origine du virus. Avait-il été libéré par la fonte des glaciers millénaires, ou le réchauffement des courants marins l'avait-il fait émerger des profondeurs des abysses ? Avait-il d'abord infecté le phytoplancton avant de remonter le long de la chaîne alimentaire ? La seule vérité sur laquelle tous ces vieux messieurs s'accordaient, c'était que l'Homme signerait tôt ou tard son propre arrêt de mort avec le changement climatique – conclusion à laquelle Bastien aurait pu parvenir également, quoiqu'avec des mots moins savants, car il l'avait appris en cours de SVT.

— Qu'ils annoncent la création d'un vaccin ou l'envoi de vivres, merde, au lieu de nous bousiller le cerveau avec leur fin du monde, ces journalistes de malheur ! pestait Laure. Ah, mais qu'est-ce qu'ils en ont à foutre de nos petites vies, depuis leurs grands bureaux à Paname ?

En réalité, le virus proliférait à une vitesse aussi alarmante dans la capitale et les autres métropoles du monde entier que dans les campings au bord de la Méditerranée. Bientôt, il n'y eut plus d'images à la télé. Seulement un message d'alerte qui tournait en boucle sur toutes les chaînes, invitant la population à se confiner dans l'attente des directives gouvernementales. Et un beau jour, plus rien d'autre qu'un brouillard grésillant que Bastien fixait pendant de longues heures, recroquevillé sur le canapé. Sa mère blâmait tour à tour les hommes politiques, les multinationales et même les stars de téléréalité qui avaient « flingué la planète », mais aucune de ses imprécations ne fit tomber un miracle du ciel. Il lui fallait un coupable à désigner, à imaginer traduit en justice quand toute cette histoire serait terminée. Une raison de tenir debout. Le soir, quand Laure croyait son fils endormi, celui-ci l'entendait pleurer dans la cuisine en comptant et recomptant leurs maigres réserves.

L'électricité se coupa en plein hiver, une nuit où le vent battait furieusement les volets et s'infiltrait dans leur vieille maison. Il fallait désormais utiliser un briquet pour allumer le gaz et faire bouillir l'eau afin de la rendre potable, systématiquement, car celle qui sortait du robinet avait pris une couleur marronnasse. Un jour, il n'y eut plus de gaz dans la bonbonne, ni de gouttes au robinet. Bastien et sa mère ramassaient du bois à brûler dans le poêle et remplissaient des seaux au bord de la mer. Ils rentraient avec les doigts gourds et le dos en compote, alors qu'il leur restait à distiller l'eau. Malgré la crainte de rencontrer des voisins hostiles, ils ne croisèrent pas âme qui vive, ce qui les encouragea à s'aventurer de plus en plus loin pour trouver du combustible.

— Aïe !

Laure lâcha le genévrier dont elle était en train de casser des branches et s'écroula sur les rochers, roulant sur plusieurs mètres. Bastien se précipita à ses côtés.

— Maman !

— Ce n'est rien, mon chéri. Juste une égratignure...

Elle lui sourit et garda son sang-froid, lui intimant les gestes à effectuer. Bastien souleva ses couches de pulls pour arracher un morceau de son T-shirt, qu'il enroula autour du pied blessé de sa mère. Elle s'était coupée sur l'arête saillante d'un rocher, elle s'en remettrait.

Mais un simple affleurement naturel pouvait-il réellement traverser la semelle d'une botte, aussi usée soit-elle ?

Quand Bastien revint le lendemain, seul, il ne put s'empêcher d'inspecter l'endroit exact où Laure était tombée. Dans le creux entre deux rochers, il trouva les restes d'une gigantesque tortue recrachés par les flots. Les os blancs jaillissaient de la chair putride telles des lames de rasoir. Des os tachés du sang de sa mère. Rouge, d'un rouge si sombre, si différent de la couleur de cette planète porteuse d'espoir qu'il guettait tous les soirs dans son télescope.

✈

Laure se battit longtemps contre le virus, plus longtemps que la plupart des contaminés. Elle vomit des litres et des litres de sang – du moins, c'est ce qu'il sembla à Bastien, qui se faisait violence pour ne pas changer ses draps qu'elle lui interdisait

135

de toucher. Il lui donnait la becquée de loin, sans pouvoir l'enlacer.

La fièvre emporta Laure au début du mois de mai, alors que l'olivier au fond du jardin bourgeonnait à nouveau. À chaque coup de pelle dans la terre humide, Bastien se sentait mourir à son tour. Il déposa le corps de sa mère près de celui de Jackie. Enroulé dans la plus épaisse des couvertures pour qu'elle n'ait pas trop froid entre les fourmis et les vermisseaux.

Cette nuit-là, le temps fut doux. Bastien dormit à la belle étoile sous l'olivier, bercé par la voix de Laure dans ses songes.

Au petit matin, son ventre criant famine le força à se traîner à l'intérieur de la maison, jusqu'à la cuisine. Il étala le fond d'un pot de confiture sur des petits beurres ramollis. Le reste de la réserve remplissait à peine la moitié de son sac à dos, celui qu'il portait autrefois dans la cour du collège. Il combla le vide avec des vêtements de rechange, une lampe torche, une gourde, un briquet et une petite casserole. En faisant le tour de sa chambre, il ne put s'empêcher de prendre quelques-uns de ses mangas préférés, ainsi que Doudou, une peluche en forme de fox-terrier que sa mère avait toujours comparée à une serpillière. Après tout, Bastien avait douze ans. Il n'était encore qu'un enfant, même s'il en avait à présent perdu les rondeurs pour ne garder que la peau sur les os.

Avant de quitter cette maison qui sentait la mort, il décrocha une photo du frigo. On l'y voyait, tout petit, apprendre à nager entre Laure et Cyril, flottant dans la mer avec ses brassards Nemo. Il manquait une dent à son sourire innocent. Quand Bastien enleva l'aimant qui maintenait la photo, une enveloppe cachée dessous tomba sur le carrelage. C'était le courrier de l'Agence spatiale européenne, incluant les billets de l'avion qu'il aurait dû prendre avec sa mère à la fin du mois. Bastien fourra les papiers dans son sac.

Il laissa la clé sur la porte. Il n'y avait plus rien à voler à l'intérieur, mais peut-être qu'un orphelin comme lui y trouverait refuge pour affronter le prochain hiver. Sur le tronc de l'arbre au fond du jardin, il grava « ne pas manger les olives », au cas où la maladie des deux corps enterrés remonterait dans les racines. Il ne savait pas si c'était possible. Comment pouvait-il comprendre le fonctionnement de ce virus qui avait décimé l'humanité, qui avait eu raison des scientifiques les plus intelligents, des politiques aux plus beaux discours, et de sa propre mère censée le protéger ?

La dernière chose que Bastien ajouta à son sac à dos fut un atlas aux pages jaunies, qu'il retrouva dans la boîte à gants de la voiture. Il gonfla à bloc les pneus de son vélo, l'enfourcha et partit sans un regard en arrière.

✈

Bastien pédalait avec un seul but en tête : survivre jusqu'au lendemain. Il restait le long de la plage pour avoir de l'eau à dessaler dans sa casserole, au-dessus d'un feu de camp. Chaque nuit, il cherchait Mars en vain derrière le voile de nuages obscurcissant les astres.

Le huitième jour, une averse le glaça jusqu'aux os et il se réfugia dans une cabane de pêcheur, visiblement abandonnée bien avant l'apocalypse. Au matin, impossible de trouver du bois sec. Il sacrifia l'un de ses mangas pour allumer son feu et manger chaude sa boîte de raviolis. Ses réserves s'amenuisaient. La sauce tomate, comme toute chose de couleur rouge que Bastien croisait sur sa route, lui rappelait douloureusement le sang de sa mère, tandis que les couchers de soleil lui évoquaient son père. La colonie martienne connaissait-elle la situation sur Terre ? Cyril s'inquiétait-il pour sa famille ? Finirait-il par l'oublier, par en fonder une autre là-haut ?

Bastien reprit son vélo, se focalisant sur le chant des vagues plutôt que sur la terreur de l'enfant tapi dans un coin de sa tête. La plage, vide du moindre promeneur ou de la plus petite mouette, était un spectacle inimaginable neuf mois auparavant.

Le chemin en pleine nature longea bientôt des maisons de plaisance qui semblaient tout droit sorties des pages en papier glacé d'un magazine. L'une d'elles, bâtie avec des briques en terre cuite, surplombait un jardin envahi de rosiers aux fleurs rouges elles aussi. Les insectes avaient pollinisé les plantes pour annoncer le printemps, insensibles au funeste destin des animaux plus gros... Bastien y vit aussitôt un signe. Il s'arrêta, descendit de son vélo et enjamba la clôture. Sa vision se brouilla, il faillit perdre l'équilibre et se stabilisa contre la barrière. Si la solitude rongeait son esprit, la faim et le froid quant à eux affaiblissaient son corps d'adolescent, qui réclamait plus de nourriture pour s'épanouir.

Avec de la chance, il trouverait peut-être une conserve dans la cuisine, ou un briquet neuf abandonné près d'un cendrier.

Quand il actionna la poignée, la porte s'ouvrit sans difficulté. Les habitants avaient-ils fui la côte dans la précipitation au tout début de l'épidémie ? Ou quelqu'un avait-il laissé cette serrure déverrouillée volontairement bien plus tard, comme Bastien ? À moins qu'un autre visiteur affamé ne l'ait simplement déjà forcée pour se servir dans la maison ?

Le papier peint fleuri dans l'entrée avait un charme désuet. Un porte-clés flamant rose, emblématique de la Camargue, reposait sur un buffet en bois. Les volets clos obstruaient le soleil, à l'exception d'une pièce, au bout du couloir, d'où filtrait une douce lumière. Bastien choisit de commencer son inspection par là.

C'était une chambre. Son regard se posa d'abord sur le vase rempli de roses rouges, puis sur la table de chevet, avant de dériver vers la silhouette allongée dans le lit. La jeune femme ne devait pas avoir plus de vingt ans. Ses cheveux bruns, éparpillés sur l'oreiller, rehaussaient son teint cadavérique. Était-elle... ? Non, sa poitrine se soulevait doucement sous les couvertures.

Cette vision bouleversa Bastien. L'inconnue se battait contre le virus, seule aux portes de la mort. Il sortit Doudou de son sac à dos et le posa à côté du vase. Elle aurait plus besoin de ce soutien silencieux que lui.

— Aaah ! Sortez d'ici !

Bastien se retourna. Une autre femme, âgée d'une cinquantaine d'années, se tenait dans l'embrasure de la porte. Ses clavicules saillaient sous sa peau, et elle brandissait un couteau de boucher à bout de bras. Elle détendit à peine ses épaules en réalisant que l'intrus n'était qu'un adolescent. L'affolement se lisait dans ses yeux.

— Tu m'as entendue, gamin ? Dégage de chez moi !

En dehors de sa mère, Bastien ne s'était pas retrouvé face à un être humain depuis des mois, au point de se croire l'unique survivant à des kilomètres à la ronde. À l'évidence, d'autres personnes que lui se terraient chez elles, attendant que la mort ait cueilli tous leurs proches entre ses doigts crochus. Car il comprit, à leurs traits similaires, que cette femme était la mère de la malade dans le lit. Il aurait voulu lui dire combien de choses ils avaient en commun, peut-être partager avec elle son dernier paquet de biscuits.

Le couteau de cuisine pointé dans sa direction l'en dissuada. Bastien se contenta de bredouiller :

— Pardon, je pensais que... la maison était déserte...

— Il n'y a rien pour toi ici, sale voleur !

Il leva les mains en signe de paix. Pas à pas, il recula vers la fenêtre, ouverte pour aérer la chambre et couvrir l'odeur de la maladie sous celle des fleurs. Il sauta et traversa le jardin sans demander son reste. Une main agrippa la manche de son sweat. Il cria et rua dans tous les sens, avant de réaliser que ce n'était pas une main... mais un rosier. Il s'érafla les paumes sur les épines pour se libérer.

Quand il récupéra son vélo, Bastien n'était plus sûr d'avoir réellement vu cette femme et sa mère. Cette rencontre était si soudaine, déstabilisante. Ne les avait-il pas imaginées ? Personne ne pouvait confirmer ses visions.

Ainsi, lorsqu'il entendit le grondement d'un avion, Bastien fut complètement certain d'avoir perdu la tête. Il crut d'abord que son ventre criait famine plus fort que d'habitude.

Pourtant, la silhouette était bien là, elle se découpait en blanc sur le ciel gris. L'appareil volait bas, mais il monta rapidement jusqu'à disparaître derrière les nuages. Avant l'apocalypse, il ne se passait pas une journée sans que Bastien n'entende l'un de ces avions décollant de l'aéroport Montpellier Méditerranée. Ce bruit familier s'était effacé de son quotidien avec les cris des goélands et les aboiements de Jackie. Avait-il rêvé ? Il avait dépassé Montpellier depuis des jours, mais la ville était encore proche derrière lui. Se pouvait-il que des survivants aient investi l'aéroport ? Que l'électricité n'ait pas été coupée partout, que certaines centrales en produisent encore ?

Le courrier de l'Agence spatiale européenne était froissé dans le sac à dos de Bastien. Il aurait dû prendre l'avion avec sa mère le 29 mai. On était le 10.

Restait-il suffisamment d'hommes et de ressources pour maintenir le vol ? Et quand bien même, les billets indiquaient une escale à Paris-Charles de Gaulle. Dans les dernières images que Bastien avait vues à la télévision, la capitale vivait en plein chaos, ses habitants en proie à la terreur et la maladie. Qu'il soit encore possible de traverser l'océan Atlantique pour rejoindre le Centre spatial guyanais semblait fou, invraisemblable, tout à fait utopique. Et une fois là-bas, rien ne garantissait le départ du vaisseau pour Mars dans de bonnes conditions ! Le nombre de paramètres à prendre en compte donnait le vertige à Bastien.

Pourtant, quelques années plus tôt, le projet d'envoyer des hommes vivre sur la planète rouge semblait tout aussi irréalisable... et il avait abouti. Bastien ne renoncerait pas à ses maigres espérances avant d'arriver à l'aéroport, et de constater de ses propres yeux si celui-ci était encore en activité.

Enfin, il avait un objectif. Demi-tour à vélo !

À la tombée de la nuit, Bastien cuisit son dernier repas sur la plage : un bocal de haricots verts, qu'il avait ramassés avec sa mère dans leur potager l'été précédent. Les étincelles dansaient au-dessus du sable. Pas de vent ce soir-là. La fumée grimpait tout droit vers le ciel, mais il n'était pas assez dégagé pour que Bastien aperçoive Mars.

Un craquement le fit sursauter. Pas celui du bois qui flambait, mais un bruit de brindilles cassées, quelque part derrière lui. Un animal ? La femme au couteau qui l'aurait suivi ? Il brandit sa lampe torche.

— Hé !

L'intrus, ébloui, se cacha les yeux avec son bras droit. Il portait le gauche, apparemment blessé, replié contre son corps dans une écharpe de fortune.

— N'approchez pas, ordonna Bastien, même si sa voix rauque en pleine mue n'avait rien d'intimidant. Qu'est-ce que vous voulez ?

— Désolé, mec, j'ai vu le feu, je n'ai pas réfléchi... Je n'ai croisé personne depuis des plombes, et on se les caille, sur cette plage.

Bastien éteignit la lampe. À la lueur des flammes, il distinguait un garçon de son âge, maigre et dégingandé, aussi brun que lui-même était blond. Ses cheveux trop longs lui tombaient dans les yeux. Il semblait inoffensif. Et s'il dissimulait un couteau, lui aussi ?

— Tu t'appelles comment ?

— Benjamin, mais tout le monde m'appelle... m'appelait Benji.

« Benjamin », ça ressemblait à « Bastien », et « Benji » sonnait aussi joliment que « Jackie ». Ce raisonnement, aussi bancal soit-il, rassura l'adolescent.

— OK. Moi, c'est Bastien. Je veux bien te faire confiance, et si tu essayes de me voler, ne te fatigue pas : je n'ai que des haricots verts.

Il lui montra le contenu de la casserole. Benji grimaça.

— Malédiction ! Ça fait trois jours que je bouffe des flageolets. Je suis tombé sur une maison où ils n'avaient laissé que ça. Sûr que vivre la fin du monde avec des gaz, ce n'est pas très sexy... T'en veux ?

Bastien acquiesça, sans pouvoir retenir un éclat de rire. Rire ! Il ne l'avait pas fait depuis si longtemps ! Ils partagèrent leurs haricots et un paquet de biscuits secs.

— Tu viens d'où ? demanda Benji.

— J'ai grandi ici. Mes parents travaillaient dans les salins d'Aigues-Mortes. Et toi ?

— Waouh ! Moi, je passais l'été dans un camping, avec...

Benji se tut, la gorge trop nouée pour continuer. Peu importe à quel membre de sa famille il pensait, il était seul à présent.

— Et tu n'es pas rentré chez toi ?

— Non. Mes... Mes parents disaient que c'était plus sûr ici qu'en région parisienne. Ils pouvaient télétravailler, et le temps que la situation s'améliore, je n'avais pas besoin de retourner au collège. Mais la suite, tu la connais. La télé a arrêté de fonctionner, les commerces n'ont plus été approvisionnés... Nos voisins d'emplacement sont tombés malades les uns après les autres, quand ils ne nous agressaient pas pour qu'on partage nos réserves. Bref, la vie n'a fait qu'empirer. Ça devenait compliqué de manger des trucs fiables à cent pour cent. Ma... Ma petite sœur... et puis mon frère...

Une larme coulait à présent sur sa joue. Mal à l'aise, Bastien tenta un geste de réconfort en lui prenant la main. La paume de Benji était chaude, rendue calleuse par les semaines d'exploration entre dunes et maisons abandonnées.

— Toi aussi, il ne te reste plus personne ?

Bastien hésita. Malgré la spontanéité avec laquelle Benji venait de se confier à lui, pouvait-il lui parler du programme *Arès II* ? De son idée folle qu'il était encore possible de quitter la Terre ?

— Si. Mon père est loin d'ici, éluda-t-il. Qu'est-ce qui est arrivé à ta main gauche ? Tu es tombé dans les escaliers d'une maison pour une boîte de flageolets ?

Il désigna le bras en écharpe de Benji. La plaisanterie ne le fit pas sourire. Au contraire, il se rembrunit, mais répondit honnêtement :

— Un chien errant m'a mordu. Il m'a lâché pour une conserve de thon que je lui ai jetée avant de prendre mes jambes à mon cou – je ne comptais pas la bouffer, de toute façon, sa date de mise en boîte était trop récente... J'ai encore trop mal pour bouger le poignet, ça me soulage de le porter comme ça.

Bastien retira vivement ses doigts entremêlés à ceux de Benji, comme s'il venait de se brûler.

— Tu pourrais être contaminé par la morsure !

— Est-ce que je t'ai craché du sang dessus ? Est-ce que la fièvre me cloue par terre ?

— Non, mais...

— Toi aussi, tu pourrais l'être, tu sais ? Tout le monde est mort autour de toi. Peut-être qu'on a été infectés sans s'en rendre compte, que notre corps est immunisé contre le virus. Ou peut-être qu'on a juste une chance de fou furieux ! Que toute ma famille a été tuée par quelque chose que je n'ai pas mangé, que ce chien n'était pas malade, et donc que le virus ne m'a pas encore atteint. Comment savoir ?

Bastien n'y avait pas réfléchi. Il avait mis sa bonne santé sur le compte des précautions de sa mère, qui l'avait protégé du monde extérieur puis éloigné d'elle au maximum pendant sa maladie. Et s'il avait été contaminé ? Le laisserait-on prendre l'avion ? Les survivants possédaient-ils des tests de dépistage ?

— Est-ce que tu as entendu l'avion, ce matin ?

La question désarçonna Benji.

— Euh, oui. Pourquoi ?

Oui ! Il l'avait entendu ! Alors, Bastien n'avait pas rêvé !

— Ça veut dire que l'aéroport de Montpellier est encore en activité. Écoute, j'ai deux billets pour un vol le 29 mai. Tu pourrais m'accompagner...

— Oh, doucement ! Je n'ai pas eu le temps de voir cet avion, mais j'ai tout de suite pensé à un jet privé. Sûrement un millionnaire qui a retrouvé du carburant dans le coin pour se barrer. Tu crois sérieusement qu'il reste des avions de ligne dans le ciel ?

Les épaules de Bastien s'affaissèrent. Encore une fois, la logique de Benji semblait imparable.

— Je ne sais pas. Ça ne coûte rien d'aller voir, non ? Est-ce que tu as d'autres projets ?

Les yeux de Benji brillèrent. Une telle proposition le touchait profondément.

— Tu... Tu voudrais qu'on fasse route ensemble ?

Bastien réalisa à quel point Benji était désavantagé par rapport à lui – blessé, sans vélo pour se déplacer, il le ralentirait. Une part égoïste lui criait d'abandonner ce fardeau sur la plage. Mais, même avec lui, Bastien aurait largement le temps d'atteindre l'aéroport avant la fin du mois. Enfin, il avait tout simplement et désespérément besoin d'un ami pour adoucir cette vie postapocalyptique.

— Oui, si tu es d'accord.

Benji sourit.

— Je ne crois pas à ton histoire d'aéroport, mais j'attends d'être surpris. Et, au pire, on fera le tour des boutiques pour remplir nos sacs !

— « Prends ça, démon ! »

Le vent salé fouettait le visage de Bastien, alors que son vélo filait à vive allure dans la descente. Benji, assis sur le porte-bagage – il se plaignait depuis trois jours d'avoir mal aux fesses, et s'était vu affublé du sobriquet de « Princesse au petit pois » –, avait délaissé l'atlas de Laure pour lire à voix haute un des mangas de Bastien. Il le tenait sur ses genoux et le feuilletait avec sa main en écharpe, l'autre s'agrippant à son ami pour garder l'équilibre.

— J'ai rarement vu un dialogue aussi nul, soupira-t-il. Tu n'avais vraiment rien d'autre à emmener pour ton road trip de l'apocalypse ? Même pas un tome de *One Piece* ?

— Tu n'as aucun goût ! s'offusqua Bastien.

En vérité, après avoir vécu une telle solitude, rien ne lui semblait plus agréable que de taquiner Benji à longueur de journée. Il avait l'impression de le connaître depuis toujours. Il savait qu'il était allergique à l'arachide, qu'il lui arrivait de parler en dormant et que Loki était son personnage préféré dans les comics Marvel.

— Tu ne peux pas pédaler plus vite ? geignit Benji pour la seizième fois en une heure.

Depuis que l'aéroport était en vue à l'horizon, avec ses longs bâtiments et ses avions blancs garés le long de la piste, l'adolescent avait décuplé la cadence de ses questions.

— Tu préférerais être à ma place, princesse ?

— Sans façon, noble chevalier ! Je vous laisse l'honneur de monter ce fidèle destrier.

Bastien rit dans le vent. Le soleil s'était couché derrière la mer et les premiers astres poignaient dans le ciel. Mars était visible. Bastien l'apercevait pour la première fois depuis la mort de sa mère. Son cœur bondit dans sa poitrine : son père l'attendait, il le retrouverait !

— Qu'est-ce que tu regardes ? murmura Benji, en resserrant son bras valide autour de la taille de Bastien.

— Mon père est là-haut.

— Là-haut ? Je croyais qu'il n'était pas mort.

— Ce n'est pas une métaphore. Il vit sur Mars.

Benji siffla d'admiration.

— Ça alors ! Il est astronaute ? Tu es le fils de Thomas Pesquet ? Non, je sais, il est scientifique ! Tu m'as dit qu'il travaillait dans le sel...

— On dit « spationaute » pour un Français. Et non, il a été tiré au sort pour intégrer la colonie du programme *Arès II*.

— Oh là là, c'est trop la classe ! J'ai suivi leur atterrissage à la télé ! Pourquoi tu ne m'as pas raconté ça plus tôt ? Tu as encore beaucoup de secrets comme ça ?

— C'est pour le rejoindre que je devais prendre l'avion avec ma mère...

Bastien sentit son cœur se serrer, puis le menton de Benji se poser sur son épaule, lui apportant un brin de réconfort.

— Si tu y crois encore, j'y croirai avec toi jusqu'au bout.

— Merci. Tu viendras avec moi, aussi ?

— Tant que les pneus de ta monture ne sont pas crevés, je te suis, chevalier ! Hé, tu vois ce que je vois ?

Bastien plissa les yeux. Devant eux, des silhouettes s'agitaient à l'entrée de l'aéroport. On les avait repérés. Quelqu'un venait dans leur direction, vêtu d'un pull rouge.

Sur la piste, un nouvel avion vrombit et accéléra jusqu'à décoller.

Chloé Derain

WELL I WONDER

Rouge tomette
AE4A34

Avertissement de contenu :
violence psychologique

C'était donc ça, s'annihiler complètement. devant le lit fait, la chaise vide, le parquet lustré, le miroir poli, elle se désintégrait avec la discrétion d'une araignée. goutte à goutte, son rire lui glissait entre les doigts, suintant sur les murs blancs comme un robinet mal fermé.

éclair rougeâtre : un arrêt sur image, la douleur d'une écharde dans le crâne, et c'était la fin. il était temps de laisser son corps derrière elle, cadavre répugnant des frasques de sa mémoire.

•

dans la voiture bringuebalante et surchauffée, entre les poches de la nuit tombante et les aires d'autoroute, seuls ses yeux subsistaient. elle voyait tout avec une netteté décuplée : le souffle cristallin du crépuscule, le plumage lisse des hirondelles dans le noir. ou hallucinait-elle ?

elle n'en savait rien ; peut-être fuyait-elle seulement par-delà son regard. témoin oculaire du spectacle grandiose d'un monde sans couleurs, elle saisissait peu à peu l'étendue de sa perte.

•

à travers la vitre persistait encore le réverbère, éternel compagnon de ses longues heures sans sommeil. une nouvelle fois, il lui fallait apprendre à s'habituer à la souffrance d'un vase qui se brise : crève-cœur neurasthénique, répétitif comme un rythme au synthétiseur.

une seule couleur était revenue : un rouge étrange, toujours le même, aigu et aveuglant ; celui des tomettes qu'elle avait foulées des pieds il y a longtemps, en une seconde infinitésimale.

CLAIRE KOZLOW

AMOURTUME

TERRACOTTA

C45824

le goût du café
         l'amer sans le sucré des baisers
         la langue

                brûlée

ma rancœur, des larmes   effacées
ridules au coin des   yeux

et dans le miroir
glace
teint blafard
                    et le sourire-déchirure
                    des lèvres terracotta

le linge sèche
mon cœur s'assèche

Julie Rosiaux

Bouquet
final

Coquelicot
C60800

Un feu se propage au milieu du no man's land.
Des explosions de flammes et de métal,
Des explosions d'effluves et de pétales.
On oublie les senteurs de rose et de lavande.

Quant au coquelicot, nul besoin de le chercher,
Son rouge vibrant dégouline dans les tranchées.
Le narcotique, éveillé par la furie des hommes,
En embrasse certains pour un éternel somme.

Le grand champ de bataille est troué de points
rouges.
La vie est immobile, seule la mort bouge.
Là où les coquelicots émergent, s'étalent,
La vie est fauchée par les obus et les balles.

Les yeux se closent lorsque ces tristes fleurs éclosent,
Des taches rouges fleurissent sur les poitrines,
De frais pétales s'ouvrent, une bombe explose,
Des gerbes de boue éclaboussent les ruines.

Ces soldats à l'aube de leur vie n'en connaîtront pas
le soir.
Pour eux, la nuit est déjà tombée, il fait déjà noir,
Leurs corps éprouvés se reposent dans la terre,
Ce ne sont pas les fleurs que dérangent les vers.

Bouquet final

Alors on aime un peu, beaucoup, à la folie,
Alors on tue un peu, beaucoup, à la folie,
Car la raison n'épargne personne en enfer,
Impuissante, elle se voit balayée par la guerre.

Aucun oiseau ne plane plus là où la terre vole,
Seuls restent les hommes, les rats et la vermine,
Ils traversent ensemble cette guerre folle,
À la symphonie grinçante des canons et des mines.

C'est une plaie à vif, tombeau à ciel ouvert,
Les coquelicots sanguinaires décorent,
À la manière des chrysanthèmes, les corps ;
C'est l'absurde imitation d'un cimetière.

Les cadavres ennemis, réunis dans l'abandon,
Sur les champs de la mort se lèveront et danseront,
Pétales de sang, gouttes de coquelicot,
Laissez-les donc croire qu'il fait bien beau là-haut.

MELVIN GUERRA

Un
SENTIMENT
AU-DELÀ
DE LA MER

ROUGE ALIZARINE
C8323C

Au-delà de la mer s'est déployé un sentiment. Ses ailes étaient larges comme l'horizon. Elles m'ont enlacé le temps d'une semaine. Le temps de me détruire.

Un jour, avec ma cousine Lola, nous nous sommes rendu·e·s au théâtre. Lola suivait alors des études d'histoire dans la même université que moi. Nous allions voir un drame contemporain, en trois actes. La mise en scène était loin d'être épurée. Recouvert d'un déluge de meubles, le sol luisait comme une rivière où s'écoulaient les gestes saccadés des personnages. Leurs habits collaient à leur peau, humides, comme s'ils se fondaient dans leur chair. Je me rappelle m'être inquiété : comment les comédien·ne·s parviendraient-iels à retirer leurs costumes une fois la représentation terminée ? Est-ce qu'iels avaient tant incorporé le tissu de leur rôle qu'iels ne pourraient plus jamais le retirer ? La brillance du sol, que reflétait-elle d'elleux ?

De l'intrigue, j'ai tout oublié. Parce que, ce même soir, une brèche de fiction a soudainement fissuré ma vie. Je portais une longue robe blanche, je croyais inconsciemment qu'elle m'apporterait la lumière qui me manquait tant, mais rien ne s'était produit en ce sens. Lors de l'entracte, nous nous rendîmes au bar et Lola, étincelante dans sa robe cocktail noire, nous a commandé deux verres de vin rouge. Il y avait un monde fou. Au comptoir, je n'eus pas le temps d'en boire une gorgée que quelqu'un s'avança près de moi et percuta mon épaule. Le contenu du verre se déversa d'un coup sur ma robe. Je sursautai. J'étais sale, à nouveau, la lumière ne me recouvrirait plus. Lola demeura figée en face de moi, la bouche grande ouverte. Je pense avoir conservé la même expression. Derrière le comptoir, la barmaid cessa d'agiter son cocktail. Tout ceci était atrocement caricatural, une mauvaise répétition de la pièce à laquelle nous venions d'assister.

Le jeune homme qui m'avait bousculé revint sur ses pas constater son œuvre. J'eus souhaité aujourd'hui qu'il eût poursuivi son chemin sans m'accorder la moindre attention. Je ne voulais plus être observé, ce regard inconnu et vif me transperçait le buste dans son immonde cruauté.

— Je suis vraiment désolé, bégaya-t-il, j'étais tellement absorbé par mes pensées, je... Est-ce que je pourrais avoir de l'eau froide, s'il vous plaît ? Vous auriez du sel, en stock ?

La barmaid hocha la tête et se dépêcha de remplir une carafe. La honte me paralysait tant que les taches de vin semblaient remonter sur mon visage.

Les groupes autour de nous me regardaient avec cette pitié que seul fait naître le contentement de ne pas être à la place de l'individu tourmenté que l'on observe.

— Tout de même, vous auriez pu faire attention..., prononça Lola dans une sorte de gémissement.

Penchée sur ma robe souillée, elle semblait plaindre ce désastre, ressentir, elle aussi, la perte de la lumière ; son deuil la faisait grimacer de douleur.

Le jeune homme se saisit d'une serviette, l'humidifia. Dans ses yeux noirs, la transparence de la carafe et de son regret. L'idée même de ses mains tapotant mon corps m'horrifia.

— Je vais me débrouiller, ne vous en faites pas, parvins-je à prononcer, modérant la panique qui éclatait dans ma voix en un inopportun feu d'artifice. Ce n'est que du tissu, ça ne fait rien...

Il s'arrêta d'un coup, les lèvres pincées. Lui aussi, il semblait souffrir de cette tacite mort de la lumière. Elle ne reviendrait pas, il le savait.

— Alors, commença-t-il en conservant son air sérieux, laissez-moi vous offrir un verre, pour me racheter.

Il aurait été inutile de protester. J'aurais pu hurler pour libérer l'angoisse, calmer le mal-être qui brûlait ma gorge, mais rien n'aurait changé, le verre vidé de son sang sur le comptoir ne se serait pas brisé, pas davantage que les fenêtres qui empêchaient la nuit de déferler dans le hall du théâtre et de m'avaler dans sa masse noire, non, le cri devait rester.

Une fois que je fus servi, le jeune homme ne cessa de parler, il voulait rattraper le silence douloureux de tantôt, recueillir dans la coupelle de ses mots le vin renversé, mais Lola et moi sentions sa gêne, lui-même savait qu'il ne trompait personne. Il nous parut toutefois plutôt sympathique. Il s'appelait Samuel, faisait des études d'anthropologie, se rendait dans la même université que la nôtre et oh, quel dommage que nous ne nous fussions pas rencontré·e·s avant lors d'une soirée étudiante, voilà bien des verres qu'il avait manqué de renverser, des robes qu'il aurait pu souiller, et d'ailleurs, il y pensait, pouvait-il me poser une question, quels étaient mes pronoms ?

Il me semblait déborder d'empathie. Il la cachait sous un humour certes un peu gauche, mais qui ne le rendait que plus touchant. La parenthèse de l'entracte se referma rapidement, mais quels mots y avait-on inscrits, au juste, on l'ignorait, ceux de Samuel ou ceux que je bégayais, ou simplement ceux du silence dont on s'empresse de se débarrasser. Samuel prit tout de même le temps de demander nos pseudos Instagram. D'après lui, il fallait que l'on se revît un de ces quatre.

En effet, nous nous sommes vite revu·e·s. Je n'y croyais pas, ma mémoire avait pris soin d'effacer le mauvais souvenir de la soirée au théâtre à laquelle il était, hélas, inévitablement associé. Il en était revenu comme d'une brume de cauchemar.

Ainsi fut créé un groupe de discussion sur lequel un lieu, un jour et une heure de rendez-vous furent fixés. Nous nous réunîmes à peine une semaine après l'incident du théâtre. Samuel vint avec une amie, Claire, elle était d'une blondeur riante, ses longs doigts s'emmêlaient dans leur floraison de lumière lorsqu'elle s'exprimait. Et pourtant sous ses cils reposait une souffrance, mais douce, comme endormie. Je le sentis, Lola fut d'emblée sous le charme. Claire étudiait la sociologie, dans la même promotion que Samuel. Iels discutèrent de tout et de rien, c'était un peu ridicule, d'ailleurs, de les voir échanger sur des thématiques triviales, comme si nous nous étions retrouvé·e·s ici par hasard. Claire et Lola avaient un humour commun, radicalement sarcastique, il se jouait du sens et des certitudes.

Une ambiance douce avait fini par naître entre nous. Et puis, il est arrivé. Cela faisait quelques minutes que Samuel consultait davantage son téléphone, je n'avais pas compris qu'il indiquait à quelqu'un où nous nous trouvions. Un jeune homme blond, élancé et à la tenue soignée se joignit à nous.

— Je vous présente Eli, prononça Samuel. Nous nous sommes rencontrés il y a peu, en soirée, et comme il passait par là, eh bien, je lui ai dit de nous retrouver. J'espère que ça ne vous dérange pas ?

Je trouvai Samuel terriblement stupide de poser cette question une fois la personne arrivée – même si je n'aurais sans doute pas refusé. Eli lançait des sourires figés à droite et à gauche, peu à l'aise. Une question obsédante me vint avant même qu'il n'eût pris la parole : quelle était la nature de sa relation avec Samuel ? Étaient-ils amis, amants, les deux ?

Nous dûmes nous présenter chacun·e notre tour, en une éternelle répétition de ce que nous avions déjà dit à Samuel ; ne serions-nous jamais autre chose que des inconnu·e·s pour son entourage et lui ? Les mots pour nous définir accrochaient-ils seulement sa mémoire, est-ce que le sens parvenait, en lui, à les investir ? Eli hochait la tête de façon continue, il semblait sincèrement ravi de nous rencontrer. Il avait une manière plus que déstabilisante de plonger ses yeux directement dans ceux de sa·on interlocuteur·rice, comme s'il lui imposait une sorte de défi dans le dialogue ; oui, c'était cela, il nous interrogeait en permanence, il voulait exhumer nos intentions inavouables, jusqu'à quel mensonge serions-nous capables d'aller pour nous rendre plus désirables, quelles formules seraient les plus adéquates afin de donner une représentation juste de notre esprit qu'il fallait montrer, en si peu de secondes, vif, drôle, profond. Ce regard était insoutenable.

Plus surprenante encore fut la proposition de Samuel qui advint au bout de deux semaines. Le mois de mai approchait, et avec lui s'étendaient des ponts de jours vides sur le fleuve du quotidien en perpétuelle crue. Samuel avait une maison de famille dans le sud de la France, une belle villa en bord de mer, et il voulait depuis longtemps s'y rendre avec des ami·e·s. Entre cette proposition et notre première rencontre au théâtre, je les avais retrouvé·e·s toutes les semaines pendant deux mois, lui, Lola, Claire et Eli. Nous formions un groupe assez fusionnel. Claire et Lola constituaient un duo hilarant, plus ou moins rejoint par Samuel. Je m'étais beaucoup rapproché d'Eli ; nous nous confiions l'un à l'autre. À travers nos échanges, un vécu de souffrances s'était révélé dans sa cruelle crudité, mais il paraissait tellement plus doux lorsqu'on savait ne pas être seul à l'avoir traversé.

J'ai fini par ressentir du désir pour Eli. Ne connaissant toujours pas la nature de ses relations avec Samuel, et n'osant pas lui en parler, j'ai longuement réprimé mes sentiments.

Si ce silence était supportable, c'était bien parce qu'il était nourri d'espoir, qu'il se gonflait de son bonheur. Rien dans l'attitude d'Eli, en effet, ne me permettait de déterminer une potentielle réciprocité de ce désir. La bienveillance dans les gestes et les regards s'emplissait d'une langoureuse ambiguïté. Comme cette ignorance m'était délicieuse... Elle brouillait les frontières du possible.

J'avais cependant conscience que cette relation indéfinie, parfois sur les bords du fusionnel, finirait par devenir inconfortable.

J'hésitai quelque peu à accepter la proposition de Samuel ; était-ce bien raisonnable, ces vacances auprès de personnes que je connaissais à peine pour la plupart ? Je pensai que j'y trouverais l'occasion de déclarer mes sentiments à Eli, de sortir du confort des silences. La présence de Lola, de surcroît, me rassurerait. Ma plus grande peur était de tout faire disparaître, j'aurais préféré étendre ce lien dans la moiteur souple et tiède de mon imagination, en étirer les contours jusqu'à un absolu insupportable au réel. Mon insupportable, en l'occurrence, se résumait à ce « je te veux » qui empoisonnait ma langue et me renvoyait le reflet de ma propre laideur.

Je m'y résolus pourtant : durant ces vacances, il faudrait lui dire, il faudrait me libérer définitivement de cette situation. Nous resterions une semaine dans la maison de Samuel, ce qui me laisserait le temps de préparer des mots pour faire comprendre l'indicible, ceux dont seule la mer pouvait entendre le secret. Une semaine, pourtant, était un intervalle de temps si court pour une résonance émotionnelle si grande...

C'était en train que, avec Lola, nous avions rejoint la station balnéaire où se trouvait la villa. Nous nous y rendîmes à pied aisément depuis la gare. Durant le trajet, Lola ne me signifia aucune appréhension, sinon la joie de passer davantage de temps auprès de Claire. La maison était d'une telle blancheur que, abruptement découpée sur la violence bleue du ciel, elle m'obligea à plisser les yeux. Dégorgeant du soleil qu'elle absorbait, elle hurlait sa pureté douloureuse dans la ville. Des palmiers longeaient l'allée principale, en une sorte de rangée de gardes du corps. Dans le jardin, les fleurs ne paraissaient plus, écrasées par la longue étreinte du soleil et de la maison.

Lola souriait d'excitation, ses dents se confondaient avec les murs de la villa ; elle se précipita sur la sonnette. Samuel sortit rapidement par la porte principale, vêtu d'un sobre débardeur et d'un short dont la fadeur se trouvait engloutie par les ombres des palmiers et de la façade. Je guettais derrière lui une silhouette, mais personne d'autre ne vint. Samuel nous accueillit avec sa bienveillance habituelle, il nous interrogea sur tout, sur les moindres détails auxquels aucun·e de nous n'avait songé, le trajet avait-il été agréable, la maison n'avait-elle pas été trop difficile à trouver, avait-on pu prendre suffisamment de vêtements dans nos petites valises ou avait-on besoin de quoi que ce soit, auquel cas il ne faudrait pas hésiter à le lui signifier, non, surtout pas. Son hospitalité était démesurée, je la trouvai ridicule.

Lola courut presque jusqu'à l'entrée de la maison.

— Claire est-elle arrivée ? demanda-t-elle dans un souffle, comme si elle craignait de perdre ses mots et de ne plus jamais les retrouver.

— Pas encore, lui répondit-on.

Lola ne perdit pourtant pas son sourire, son sourire effrayant qui se promenait désormais dans les pièces de la maison au fur et à mesure que

Samuel nous les présentait. Je ne l'avais jamais vue ainsi, tellement heureuse qu'elle en devenait factice. Son corps se faisait électrique, il frémissait au moindre courant d'air, il attendait quelque chose qui n'adviendrait sans doute jamais. Tout l'intérieur de la villa était recouvert de tons clairs, les meubles semblaient s'excuser d'exister, d'autant boire le soleil, mais leurs formes rectangulaires, aux coins rugueux comme un soudain mensonge, les révélaient au monde avec une sorte d'insolence. Ils refusaient, en somme, de se laisser dévorer par leur pâle splendeur.

Nous nous assîmes sur les grands canapés du salon. Lola demeurait encore fébrile, je sentais près de moi l'explosion que ménageait son corps.

— Je vous sers quelque chose à boire ? demanda Samuel.

Nous n'eûmes pas le temps de répondre, une sonnerie mélodieuse retentit, c'était de l'écume qui fondait sur la langue. Samuel se leva d'un bond, et, en quatre mots, conjura l'oubli.

— Ce doit être Eli !

Sur le moment, je n'ai pas su m'interroger : pourquoi Samuel était-il sûr qu'il s'agissait d'Eli, et non de Claire ? Sans même regarder Lola, je sentis son poing se serrer et sa lèvre se mordre sur une supplication : que Samuel mentît, que Claire arrivât, enfin, qu'elle insufflât à cette trop forte luminosité le sens de sa présence. Pour ma part, je souhaitais l'arrivée d'Eli autant que je désirais la fuir.

Il faisait terriblement chaud, mon haut en coton bleu se collait déjà au cuir des canapés. Dans l'air, l'odeur âcre de la patience éprouvée. Tourné vers Samuel qui, à ma droite, était sur le point d'ouvrir la porte, mon cou était tendu tel un arc sur le point de décocher une flèche de pierre ; je craignis durant quelques secondes de rester bloqué ainsi.

Eli entra enfin, vêtu d'une tunique au dégradé orange, jaune et rose ; les mouvements de sa démarche confondaient les limites des couleurs. J'étais à droite de son champ de vision, mais il ne me jeta pas un seul regard, non, ses yeux se déversaient sur celui qui lui avait ouvert la porte. Ils s'embrassèrent soudain, et ce fut un nouveau spectacle qui se déroula face à Lola et moi, nous devant ce couple inédit, sublimement enveloppé dans cette clarté brute de l'été qui filtrait à travers les fenêtres et qui s'écoulait goutte à goutte sur le sol. Si discrète dans ce tableau, la main de Samuel agrippait la taille d'Eli, mais à peine, un poids de décence séparait la paume du corps, objet d'un désir ébouillanté par l'absence. La main malaxait à peine la folie colorée du tissu, elle y goûtait avec beaucoup de parcimonie. Nous demeurâmes, Lola et moi, ébahi·e·s, et nous répondîmes à cette extase d'éclats et de baisers comme il convenait de le faire : par le silence, le silence écrasé sous une beauté douloureuse.

Claire arriva une demi-heure plus tard. Nous étions alors de nouveau assis·e·s sur les canapés du salon. La chaleureuse ambiance de notre groupe recommençait peu à peu à s'attiser, de même qu'on frotte longuement un silex avant d'en obtenir des étincelles. Mais depuis l'arrivée d'Eli, je ne parvenais pas à partager leurs rires qui frappaient de plus en plus fort le plafond, remontaient l'escalier, éclataient à l'étage. J'étais absolument sidéré par cette venue, je ne pouvais m'empêcher de la rejouer dans ma tête pour mieux incorporer sa reluisance qui, je le sentais déjà, m'écorchait là, à la surface de mes poumons, au centre de mes seins. Elle y fleurissait comme la corolle d'un œillet. J'avais honte, également, d'être bouleversé par la découverte d'une relation aussi prévisible, et dont l'anticipation avait modelé mes comportements jusqu'alors. Personne ne paraissait pourtant déceler mon trouble.

Toute l'attention de Lola était focalisée sur Claire ; celle-ci la prenait souvent à partie au cours de la conversation.

— Vous verrez, on a plein de belles balades à faire, par ici, annonça Samuel.

— Ça vaut mieux, vu les hyperactives que nous sommes ! s'exclama Claire.

— Déjà, si tu arrives à nous maintenir sur ce canapé pour le reste de la journée, tu pourras t'estimer heureux, assura Lola.

— Mais il faut se méfier de l'eau qui dort ! rit Claire.

Je les observais toutes les deux, à se donner la réplique ainsi, sans discontinuer, des minutes durant. Elles proposaient une performance constante, elles s'épuisaient à se rendre drôles. Et aucune n'était prête à capituler.

Samuel ne décrochait pas son sourire – de toute façon, on ne lui en laissait pas le temps, quelle catastrophe cela aurait été si, tout à coup, sa bouche s'était pincée, ses pommettes s'étaient relâchées, si son sérieux soudainement retrouvé avait ridiculisé les efforts des artistes assises en face de lui. Eli avait pris son bras, ses ongles longs en parcouraient les veines, étiraient les secondes sur ces aspérités mates. Je le percevais, la peau frissonnait sous ces allées et venues, d'une façon si ténue que l'air autour n'en était remué d'aucune façon. Eli ne m'adressa ni une parole, ni un regard, s'abandonnant totalement à son amour, à son amour, rien qu'à son amour. Je suffoquais.

Lors du dîner, Lola, à qui je n'avais pas révélé mes sentiments pour Eli, posa la question que je tentais à tout prix d'éviter malgré son urgence qui brunissait mes lèvres :

— Et à part ça, vous deux, on fait comme si de rien n'était, mais vous nous en avez caché, des choses !

— Moi, j'avoue, j'étais au courant..., confessa Claire.

— Quoi ? s'indigna Lola. Comment as-tu pu ne pas m'en parler ? Moi qui n'ai plus aucun secret pour toi !

— Ça n'était pas vraiment un secret, vous savez, précisa Samuel dont le perpétuel sourire se faisait à présent gêné.

— Et puis, c'est assez récent, en réalité ! ajouta Eli.

Les jeunes femmes lui lancèrent des regards instigateurs. Si l'une connaissait la vérité, et pas l'autre, aucune n'était convaincue par ce qu'on venait de leur avancer.

— Ça fait tout de même un bon moment que vous vous tournez autour ! rectifia Claire.

— Enfin, avec vous, difficile de savoir si c'est du lard ou du cochon, se plaignit Lola.

— Normal, je suis végétarien, ironisa Eli.

— Oui, enfin, après tout, la majorité des hommes sont des porcs.

Tous·tes me regardèrent d'un coup, perdu·e·s, d'abord parce qu'iels venaient de se rappeler ma présence ; ensuite, parce que leurs yeux tentaient de s'accrocher au sens probable de mes mots.

Je les avais évidemment prononcés sans réfléchir plus avant, dans une tentative désespérée de mettre un terme à cette conversation qui me torturait. Je n'avais aucune envie de connaître les circonstances dans lesquelles Eli et Samuel étaient devenus amants.

Le silence dura encore quelques interminables secondes.

— Bah alors, Aloïs, on a des comptes à régler, ce soir ? s'écria Claire tout à coup.

Tous·tes éclatèrent de rire. Dehors, la nuit tuait peu à peu la clarté de la villa. Je fis le vœu qu'elle m'emportât avec elle.

Le lendemain, déjà mangé par les grasses matinées des un·e·s et des autres (je m'interdisais de songer à ce qu'Eli et Samuel avaient pu faire durant tout ce temps d'intime obscurité), il fut décrété que nous partirions à la plage. Je n'avais pris aucune part à cette décision ; je me sentais complètement vidé de mon énergie. J'aurais pu rester allongé sur mon matelas toute la journée, au pied du lit où dormaient Lola et Claire, suppliant le plafond de me donner des réponses et le sol d'aspirer mes peurs, de s'en servir pour faire luire son parquet. Une curiosité poussive m'incita cependant à suivre mes ami·e·s.

C'était une journée tellement idéale qu'elle en devenait un stéréotype agaçant. Le bleu du ciel semblait tout avaler, il voulait annihiler la terre. Tout devenait mirage sous cette chaleur qui faisait trembler l'horizon.

À ma plus grande surprise, Eli profita du trajet pour me parler :

— Ça va, toi ? Je te trouve bien taciturne depuis notre arrivée.

Je tentai de sourire.

— Ce n'est rien, ne t'inquiète pas, c'est cette chaleur qui m'écrase, tu comprends, elle paralyse tout. Il me faut juste le temps de m'habituer.

— Je vois. En tout cas, n'hésite pas, si je peux faire quoi que ce soit ; tu sais que je suis là pour toi !

Il me caressa brièvement l'épaule et partit en courant rejoindre son amant. Je restai stupéfait. La révélation de sa relation avec Samuel (sans toutefois mettre des mots dessus, comme si elle se devait de demeurer dans une pénombre épaisse et ambiguë) n'avait rien changé, il continuait de me parler comme auparavant. Je n'eus pas le temps d'y réfléchir davantage car Lola et Claire me placèrent au milieu de leur duo infernal. Il leur fallait un moteur pour démarrer et décupler la vitesse de leurs rires.

Après avoir traversé un sentier étroit bordé de broussailles, nous arrivâmes sur une longue plage de galets gris et blancs. Les vagues leur chuchotaient les possibles d'un ailleurs désirable. Je me sentis soudainement le spectateur passif de ce groupe auquel j'étais censé appartenir. Pendant qu'iels étendaient leurs serviettes, je posai mon sac n'importe où, n'importe comment, je retirai ma tunique de plage, je laissai la mer entrer en moi comme aucune âme n'avait su le faire. Je ne perçus même pas le choc du froid. J'entendis les autres rire dans mon dos, crier mon nom. Je ne voulus pas les écouter, alors je nageai plus loin, plus loin encore, jusqu'à l'épuisement. J'étendis mes jambes pour faire la planche, je respirais fort et je me demandais si les quelques nuages au-dessus de ma tête se formaient à cause de mon haleine projetée là-haut.

Rapidement, je sentis quelqu'un nager derrière moi. Je le maudissais de venir aussi près, de troubler ma quiétude déjà si provisoire, alors que le sel de l'eau parvenait enfin à éroder mes angoisses. La voix d'Eli m'appelait, souriante, elle adressait un poème au soleil. En cet instant, je débordais d'une haine que les vagues n'auraient pu couvrir. En même temps, songeant à la mer qui enlaçait ce corps comme je ne le ferai jamais, je désirais tant que mes bras devinssent algues, et mes hanches écume, pour m'étaler sous le toucher de ses mains, sous les frissons de ses ongles sinuant sur ma peau aqueuse.

Comme je ne lui répondais pas, Eli ne trouva rien de mieux à faire que de se mettre à m'éclabousser. Son rire devint communicatif. Mais la mer ne me permettait pas l'oubli. Nous finîmes par retourner sur la plage tandis que les autres partaient se baigner à leur tour. Je n'avais pas vu le maillot d'Eli, jusque-là immergé dans l'eau. Je ne l'observai réellement qu'une fois allongé sur ma serviette.

Sa coupe était simple mais peu commune, elle ressemblait à celle des vêtements de haute couture qu'on admirait dans les vitrines des magasins ou les vidéos de défilés de mode, mais que l'on ne touchait jamais. Le boxer s'étendait en deux bretelles sur le torse en une sorte de V. Autour du cou, une lanière cueillait sa pomme d'Adam. Sa couleur si voyante résonnait partout dans le paysage, il n'y avait nulle place pour moi si ce n'était pour la dissonance de ce cri vif qui trouait l'azur et s'étendait en rouge alizarine. Je lui en voulais, je lui faisais des reproches définitivement implicites, comment osait-il provoquer un tel scandale dans cette harmonie de songes et de chaleur, tandis que les formes du maillot sculptaient son intolérable magnificence éclairée de toutes parts.

Il s'allongea sur une serviette à côté de moi. De près, je voyais encore plus distinctement les courbes de ses muscles qui, resplendissantes sous des perles d'eau non encore séchées, émergeaient du tissu et insultaient sans remords les bosses de galets, se moquant effrontément de leur pâleur mate et grise. Sa respiration lente cherchait à dompter la brise, à lui imposer le temps du repos. Il replia sa jambe droite comme pour freiner radicalement sa folie de tantôt que je pouvais encore voir palpiter sous ses cils arqués comme si, eux aussi, cherchaient à embrasser son front. Ses longs ongles vernis dessinaient le contour de sa cuisse. Je guettais sous ses lèvres un sourire immaculé de sérénité, de celle que je ne connaissais pas, que je ne connaîtrai jamais.

J'eus alors la nostalgie de ses yeux qui creusaient depuis des semaines mes pupilles, qui en foraient la noirceur pour déceler des mélancolies dépourvues de noms. Il demeurèrent cependant fermés.

Les jours suivants, un changement s'opéra en Lola. Claire se rapprochait beaucoup d'Eli et de Samuel. Lola n'arrivait plus à suivre le rythme de cette danse effrénée que Claire avait entamée. Je le ressentais à chaque instant : Lola tentait désespérément de capter l'attention du groupe avec ses plaisanteries habituelles, mais la magie du verbe n'opérait plus, tout juste lui accordait-on un vague regard empathique, de même que l'on observerait en soi-même le souvenir d'un·e proche disparu·e. Je crois que Lola se sentait responsable de ce soudain effacement, et qu'elle s'en voulait beaucoup, si bien que sa culpabilité contaminait tout, les reflets de ses cheveux, la brillance de ses ongles, la douce malice de ses taches de rousseur. Comme les autres ne nous quittaient pas – ou plutôt, qu'elle ne quittait jamais les autres –, je n'eus jamais l'occasion de lui en parler de vive voix. J'estimai cependant que mes yeux, lorsqu'elle les cherchait dans ses plus grands moments de désespoir, lui exprimèrent plus d'affection que n'importe quel discours. Du reste, je tentais de la réconforter autant que possible par ma présence. Mais alors, Lola n'était pas avec moi : elle était, constamment, avec elleux.

Le matin du quatrième jour, Claire, Eli et Samuel étaient tous·tes réuni·e·s dans la cuisine. On eut à peine le temps de me dire bonjour qu'Eli, le regard fixé sur l'écran de son téléphone, sans doute en train de rechercher des activités alentour, annonça qu'il y avait un marché de produits locaux dans le centre-ville, ce que Samuel confirma. Même s'il venait chaque été dans la villa, cela faisait longtemps qu'il ne s'y était pas rendu. Lola dormait encore.

— Est-ce qu'on n'attend pas qu'elle se réveille pour y aller ? demandai-je.

— Pas la peine, décréta Claire, je ne pense pas que ça l'intéresse, de toute façon.

Même en tant que cousin, je n'aurais su dire si Lola avait une appétence particulière pour les marchés locaux. Mais j'avais bel et bien l'intuition que l'enjeu de cette sortie et du refus de l'attendre était ailleurs.

Au cours de cette journée identique aux précédentes, se promener dans cette ville était comme déambuler dans un immuable décor de carton-pâte, idéal pour n'importe quel tournage, on y aurait établi n'importe quel film, une comédie, une romance, un crime. Au marché, Eli et Claire s'extasiaient de tout, de la beauté d'un fruit ou de la couleur d'une robe. Les odeurs d'épices, de poulets rôtis et de fromages, sous ces étals cramoisis par le soleil, me donnaient la nausée. Les rires d'Eli et Claire paraissaient couvrir à eux seuls la clameur de la foule, ils formaient un lourd nuage au-dessus de cet immense bain de bruits dans lequel la chair bouillait contre l'asphalte. Leurs voix me devinrent insoutenables, je ne voulais plus les entendre, je souhaitais qu'une immense vague, fraîche et salée, encore reluisante du lointain d'où elle provenait, vînt tout engloutir, les étals, les rires, les cris, les amours.

Samuel, quant à lui, demeurait inexplicablement préoccupé. Il restait en retrait d'Eli et Claire. Ses yeux se voulaient souriants lorsqu'ils croisaient les miens, mais je n'étais pas dupe. Il connaissait tout de ce qui nous attendait.

Dès que nous rentrâmes, Lola était sur le canapé, ses cheveux encore coiffés par le sommeil. Elle observa Eli et Claire qui s'esclaffaient d'une de leurs blagues. Iels prirent à peine le temps de la saluer avant d'aller poser leurs achats dans la cuisine. Je me dirigeai vers elle.

— Bonjour Lola ! Tu as bien dormi ? dis-je du ton le plus enjoué que je pouvais feindre.

— Pourquoi vous ne m'avez pas attendue ?

Elle prononça sans détour les mots que je craignais tant.

— On ne voulait pas te réveiller, tu dormais si bien, et le marché n'est que le matin, alors les autres ont préféré...

Des larmes naquirent aux coins de ses yeux qui brillèrent comme deux grenats.

— Mais Aloïs, tu sais bien qu'il ne s'agit pas de ça...

Sa voix s'était brisée sur la frontière de ce qu'elle ne pouvait nommer, du « ça » tranchant qui anéantissait tout, ses efforts comme ses espérances.

Claire nous rejoignit à ce moment-là.

— Oh, mais Lola, qu'est-ce qui t'arrive ? Tu nous en veux d'être parti·e·s sans toi ? C'était vraiment pour te laisser dormir, tu sais...

— Pourquoi tu me fais subir tout ça, Claire ?

Inexorablement, Lola commença à sangloter, et Claire, à s'agacer.

— Mais de quoi tu parles ?

— Je ne suis plus rien pour toi, ni pour vous.

— Tu dis n'importe quoi ! On dirait vraiment que tu cherches à créer des embrouilles pour rien, c'est ridicule.

— C'est toi qui as cherché cette situation, c'est toi qui veux me mettre de côté.

— C'est quoi ton problème, à la fin ? explosa Claire. Ça t'embête qu'on passe de bons moments ensemble, c'est ça ? Ça n'est pas assez dramatique pour Madame, ça manque de tension ? Tu regardes trop de téléréalité, ma pauvre fille. Et puis, je n'y suis pour rien si tu t'effaces toute seule depuis quelques jours.

— Arrête un peu, Claire, je vois bien que tu ne veux la lumière que pour toi, que je ne suis plus qu'un obstacle qui t'empêche de l'obtenir.

— Eh bien vas-y ! Rends-moi responsable de tout ! C'est quand même drôle, je n'avais jamais vu ça, accuser quelqu'un parce qu'on n'est pas capable de gérer son manque d'affection. Grandis un peu, Lola.

Ses mots se répandirent au sein de la pièce tels les morceaux d'un verre en cristal lancé contre un mur et dont les débris s'incrusteraient dans les valves du cœur. Claire profita de ce désastre pour sortir par la porte d'entrée. Lola se leva et se dirigea vers l'escalier pour monter dans sa chambre tandis qu'Eli se plaçait à mes côtés.

— Lola ! Qu'est-ce qu'il y a ? s'exclama-t-il.

Elle se retourna, la mâchoire crispée, le visage déformé par la douleur. Dans un souffle, presque inaudible, elle parvint à articuler :

— Je ne peux plus, je suis désolée.

Eli me regarda, paniqué, mais il comprit que je n'étais pas en capacité de lui donner la moindre réponse.

Lola quitta la maison l'après-midi même. On tenta de l'en dissuader, en vain. Elle répondait par le plus effrayant des silences à nos questions, à nos prières, à nos colères. Elle claqua la porte sans se retourner. Plus tard, malgré mes messages et mes appels, je n'ai obtenu aucune nouvelle durant les semaines qui ont suivi la fin de notre séjour. Lorsque nous nous sommes revu·e·s, elle a fait comme si rien ne s'était produit, comme si ces vacances n'avaient pas existé. Je n'ai jamais osé les rappeler à sa mémoire, réveiller cette plaie qui a failli la détruire.

Ces altercations m'avaient épuisé. J'ai horreur des conflits et je fais tout, en général, pour les éviter. J'absorbe les rancunes comme un papier blanc dans une flaque d'essence irisée. Je descendis dans le jardin pour reprendre mes esprits, mais j'entendis des voix, non loin.

— Je m'en veux tellement, pour Lola...

— Tu n'y es absolument pour rien ! Je crois qu'elle a beaucoup de choses à régler, cette situation a dû ranimer en elles des traumatismes, ou je ne sais quoi.

— Tu le penses vraiment ? Est-ce que ça ne va pas au-delà ?

— Ne te prends pas la tête avec ça, chéri, ça n'en vaut pas la peine. Elle va bien finir par se calmer toute seule.

Je reconnus d'emblée les timbres d'Eli et Samuel. Leur discussion me rendit fou de colère, car ils ne saisissaient pas ce déluge d'affects qu'ils provoquaient et qui noyait tout. Ils refusaient de le comprendre et d'en prendre la responsabilité, ils en rejetaient la faute sur un vague passé qui ne les concernait pas. Je me dirigeai vers eux. Samuel était adossé contre le rebord d'une des fenêtres de la villa, tandis qu'Eli lui faisait face.

— Tout de même..., tenta de protester ce dernier.

— Ton empathie finira par te tuer.

Samuel rapprocha son visage du sien tandis qu'il prononçait ces mots. De la même façon que sa main avait enveloppé sa taille le jour de notre arrivée, il toucha sensiblement ses lèvres de peur que leurs pétales ne se fanassent, son baiser prenait le temps de savourer ses peurs. Eli ferma les yeux dans un triste abandon, Lola était déjà si loin sur les rivages de sa conscience, elle disparaissait sous une brume d'écume et de sable. Sa cuisse se replia contre celle de Samuel, et ce simple geste renforça l'intensité de leur baiser. Le contact de leur peau miellée par la langue du soleil depuis des jours et des jours rallumait en eux un incendie que nulle mer n'aurait su éteindre. Leurs caresses signaient un pacte promettant de ne pas laisser le poids du temps et des absences les séparer. Mais moi, je ressentis dans la force de leur étreinte l'étendue de ma solitude.

Je ne bougeai pas pendant tout ce temps. Ce n'était plus une question de volonté, j'étais simplement submergé par la sensualité de leurs accords. J'étais cette brise tendre qui coiffait leur chevelure et agrippait leurs hanches, j'étais les plis de leurs vêtements qui s'écartaient toujours plus pour faire éclore la peau, j'étais le tacite discours soigneusement protégé par l'écrin de leurs lèvres réunies.

Et, enfin, j'atteignais le bonheur de cet anéantissement, totalement accompli et délicieusement souligné par une goutte d'eau à peine perçue ornant le creux de ma mâchoire.

Je dormis les vingt heures suivantes. Mon esprit, semblait-il, refusait catégoriquement de revenir à la réalité, il m'imposait une dérive dénuée de toute temporalité. Chaque fois que j'étais sur le point de me réveiller, mes deux paupières s'abattaient avec froideur sur la lueur de mes pupilles comme des couvercles de cercueil, leur imposant de se taire et de respecter ce havre de mutisme que j'avais échafaudé pendant des mois. Je n'ai pas le souvenir d'un quelconque rêve, tout juste d'un vide épais comme du ciment.

Samuel finit par venir me réveiller. Je tournai la tête vers le réveil sur la table de nuit qui n'avait jamais aussi mal porté son nom : il était quatorze heures.

— On commençait à s'inquiéter ! s'exclama-t-il tandis que mes yeux peinaient encore à le distinguer. Je dois aller faire quelques courses, mais Eli tient absolument à se promener dans le sous-bois : choisis ton camp !

Il sortit si brusquement que je crus voir les murs de la chambre trembler, friables comme de la gomme. Il semblait que leur écroulement était proche. Je pivotai la tête vers le lit ; je n'avais pas osé m'y coucher plutôt que de rester sur mon matelas, de peur de souiller les traces d'un lien à présent détruit. Je m'imaginais sans doute que les draps défaits dessinaient de leurs frêles traits de coton la silhouette de Lola, que leur pure étendue de sucre avait absorbé l'odeur de sa tendresse.

Je me levai d'un seul coup ; qui étais-je, après tout, pour salir par ma présence une violence désirante dont cette chambre avait été la caisse de résonance ? Son hurlement ondulatoire, si vif à mes seules oreilles, me poussait hors de ces murs. Je passai rapidement dans la salle de bain avant de dévaler l'escalier pour fuir ces cris qui griffaient mes tempes. En face de la porte d'entrée, Eli se retourna vers moi, intrigué.

— Tu veux manger un morceau avant de partir, peut-être ? On n'est pas si pressés, tu sais.

Il tâcha de rendre son sourire le plus bienveillant possible tandis que je secouais la tête.

— Où est Claire ? demandai-je.

— Elle est partie ce matin, pendant que tu dormais. Elle se sentait trop coupable...

Il n'eut pas le temps de préciser sa pensée que Samuel nous rejoignit soudain.

— Bon, qui de nous aura le privilège de ta compagnie, alors ? demanda-t-il.

— J'ai bien envie de me promener en forêt.

Peu après, nous empruntâmes un sentier qui écartait les pins gorgés de mer. Sur leurs branches se cristallisait un sel invisible qui décuplait la senteur de leur sève jusqu'à en imprégner les vents chauds. Ces derniers huilaient nos peaux comme pour préparer notre sacrifice au soleil, au cours d'une cérémonie dont seules les écorces assoupies connaissaient les prières. J'essayais de les entendre, et Eli, désespérément, me jetait des regards pour me sortir de la torpeur engendrée par ces chœurs végétaux.

— As-tu reçu des nouvelles de Lola ? finit-il par demander.

— Non.

J'étais profondément agacé qu'il prétendît se préoccuper d'elle, cette sublime disparue qui avait osé dire non à la douleur qu'on lui imposait. De sa conscience étourdie de vagues et de caresses, j'étais alors persuadé qu'il ne surnageait aucun visage, peut-être une vague silhouette brune et lumineuse. Il dut percevoir ma contrariété.

— Qu'est-ce qu'il t'arrive, Aloïs ? Maintenant que nous sommes seuls, tu peux tout me dire, tu sais. Et ne prétends pas que tout va bien, je te connais suffisamment pour savoir que ça n'est pas le cas.

— Le départ de Lola m'a nécessairement affecté, voilà tout.

— Arrête de me mentir, je sais bien qu'il y a autre chose.

Ses yeux imploraient une vérité qu'ils étaient incapables d'atteindre.

— Tu sais, cela me fait terriblement mal de te voir comme ça. Ça m'inquiète beaucoup, pour être honnête, et je me demande...

Il trébucha d'un seul coup, à la fois sur ses innommables interrogations et sur une racine émergeant du sentier. Il hurla sa souffrance. Je le regardais d'en haut pleurer un instant qu'il regrettait déjà, tandis qu'il tenait sa cheville entre ses mains. Un morceau d'os, sans doute, formait une bosse sous l'épiderme. Je n'existais plus, effacé par l'ampleur de son drame. C'est alors qu'un sentiment impitoyable creva les pins et la terre pour me traverser, une évidence écrasante comme un plein jour d'été, qui semblait émaner de la racine près de laquelle Eli s'était écroulé. Toujours sans me baisser, je me rapprochai du blessé. Je levai ma semelle et la positionnai sur le morceau d'os qui, au niveau de sa cheville, faisait saillie. Je commençai à appuyer avec douceur, puis de plus en plus fort, au fur et à mesure que le désespoir remplissait les yeux d'Eli. Ses cris redoublèrent d'intensité, sa cheville gesticulait dans tous les sens pour se détacher de son corps. Son être était pétrifié par la force de son malheur qu'il portait à la connaissance de la forêt jusqu'à le faire rouler sur le littoral. Personne ne vint entendre ni consoler sa solitude.

*
**

Je ne fis rien de tout ceci. J'appelai les secours le plus rapidement possible. Je soutins Eli pour parvenir à la route où arrivait l'ambulance, l'odeur de son corps transpirant contre le mien qui annihilait celle des pins et de l'eau marine. Je prévins Samuel qui se rendit vite sur place, mais ses larmes ne firent pas un baume suffisant pour réparer la fracture de son amant. L'ambulance partit avec eux sous un horizon de soleil et de béton. Ce fut la dernière fois que je les vis.

De ces jours, il est resté au fond de mon ventre une épine vive qui me transperce parfois, lorsque l'effacement de soi est trop proche. Ces souvenirs sont une écume qui bouillonne autour de mon présent et qui disparaît lorsque je tente de la saisir. Elle continue, pourtant, de marquer mon devenir, et manque de noyer mes espoirs, tandis que mes cris de révolte s'élèvent si fort qu'ils enflamment la mer en alizarine.

En vain, j'implore le soleil.

Elisa Vinteuil

VARIATION sur LETTRE

Rouge groseille

cfoaid

j

e t'ai cherché partout.[1]

    sur les murs. dans les arbres. sur les routes.

    entre les pierres sur le chemin des falaises
de craie.

quand je faisais le mur seule et que je me jetais
dans l'eau.

dans les nuits les plus sombres et dans les jours
les plus chauds.

Au nord. À l'est. À l'ouest. Au sud.

je t'entendais quand je fumais à la fenêtre avec
l'impression de passer par-dessus bord.

je t'entendais quand je me noyais dans les lumières
du train comme un insecte qui traverserait les rails.

je m'échappais de tes regards.

tes os étaient des cités mortes.

je n'en finissais pas de t'enterrer.

tu étais surtout là quand j'étais petite.

*quand je tenais en équilibre sur des pavés comme
si je tombais d'une montagne.*

*j'attrapais des groseilles en bordure des chemins
de campagne, mes mains changeaient de couleur, je*

---

1. Le premier et le sixième vers sont inspirés de la lettre au fils dans la pièce
de théâtre *Incendies*, Wajdi Mouawad, Actes Sud, Arles, 2003.

riais la bouche pleine, aveuglée de soleil, malade de ton absence.

au fond de la mer je te cherchais encore.
dans le sable.
sur les montagnes.
dans la neige.
je t'ai cherché en haut du monde et je t'ai cherché en enfer.

et même le jour où j'ai arrêté de creuser la terre pour y enterrer ta mémoire,
sur mes épaules j'ai toujours senti tes paupières.
je te voyais me regarder.
toi qui n'existais pas.

j'ai appris que tu étais un oiseau quand j'avais un pied dans le vide au-dessus de l'Atlantique Nord. des vêtements déchirés par les ronces, de la craie plein les doigts, une nouvelle manière de se noyer. j'ai appris que ton cœur battait comme j'aurais appris l'existence d'une libellule. univers parallèle. des années que je ne t'attendais plus et ton cœur battait.

les groseilles sur les bords des chemins.
groseilles sauvages rouge écarlate.
d'un rouge qui tire sur le rose sombre.

Elisa Vinteuil

ça va aller
comme un autre souvenir d'enfance.
s'il te plaît respire
encore un qu'on ne partagera pas.
tout va bien je te tiens je suis là

j'avais arrêté de t'attendre.
je te lègue les groseilles.
– ou leurs souvenirs –
comme gage de mes chansons.
– comme preuve de mes noyades –
je n'ai plus que l'œil d'une méduse
à offrir à tes cheveux trempés
je te souhaite une vie assez heureuse
pour qu'il n'y ait pas de place pour des fantômes
je te lègue les groseilles
saillie rouge sur les falaises de craie
et mon plus grand espoir pour toi :
j'espère que tu apprendras tout seul à te casser la
gueule dans les buissons.

Louise Vandepoortaele Le Guerroué

Un
Monstre
de Colère

Cramoisi

DCI43C

Mes poings se serrent.
Mes doigts tremblent et se contractent.
Mes griffes sont plantées dans ma chair.
Mes larmes de rage glissent jusqu'à mes crocs
acérés.

Toute cette fureur nourrit un embrasement
intérieur aussi ardent qu'un soleil embrassant
l'horizon.

Mes ailes s'effritent en un nuage de cendres.
Mes yeux, brûlant de rage,
étincellent d'un rouge cramoisi, vif et flamboyant.

Mon âme ardente rivalise avec toutes les haines
jamais connues,
déchaîne un torrent profond et dense,
noircissant les cieux et consumant la vie sur son
passage.

Je suis le résultat de la fureur du monde.
Tout mène à ce rouge cramoisi de vengeance,
une teinte à la fois riche et sombre, qui supporte
le poids des rancunes lourdes.

Chaque trait de mon visage est contraint de
transporter la lave chaude de mon corps.

Un monstre de colère

Une lave cramoisie, épaisse et implacable,
qui rend aux petites et grandes rancœurs toute
leur gloire.

Rien ne peut empêcher mon feu de se répandre
dans les chemins qu'il formera,
creusant le fossé entre l'innocence et la colère.
Mon feu s'étend, se propage, tel un poison qui se
fraye une route dans mes veines,
transformant chaque battement de cœur en un
grondement sourd.

Il se fiera à ses sens pour remonter les pentes
les plus ardues,
descendre les flancs des montagnes
les plus abruptes.
Les vagues incandescentes de mon feu atteindront
leurs cibles.
Leurs rouges s'infiltreront dans chaque fissure,
chaque faille.

Mon cramoisi est solide et impénétrable.
Mon cramoisi est l'unique chance de survivre.
Mon cramoisi ronge tous les êtres.
Mon cramoisi est la destruction de notre espèce.

Corinne Léon

Histoire Écarlate

Écarlate

ED0000

Et car la Terre
tourne en rond,
est-ce qu'on peut dire
qu'un Rubik's Cube
tourne en carré ?

La Lune me manque, ma Lune,
celle que tu regardais avec moi

J'aimais quand, lorsque tu la fixais
un peu trop intensément,
elle devenait

é c a r l a t e

Et car la Terre
ne s'est jamais
arrêtée de tourner,
j'en déduis qu'elle n'a jamais
découvert notre histoire
roulée en boule
sous des draps sans odeur

— et tu ne m'as pas dit d'ailleurs
quel est le parfum de la Lune rouge ?

Corinne Léon

Le Goût du Soleil rouge

Garance

EEIOIO

CERTAINES FINS ont lieu dans les cris, les larmes, les regrets et la peine.

La leur a eu lieu sans bruit, à la lueur d'une cigarette.

La dernière du paquet s'est consumée, et tout s'est arrêté.

Il est six heures du matin.

Il fait froid. Ariel ne porte pas de manteau. Sa chemise est froissée, il marche vite. Il prend à gauche dans une ruelle, pousse un portail en bois et traverse un jardinet en courant.

Il fait froid. Garance ne porte pas de manteau. Sa robe noire est impeccablement repassée, elle marche sans se presser. Elle avance tout droit, un sourire au bord des lèvres.

Lorsqu'elle passe la porte de chez elle, sa mère attend dans l'entrée, bras croisés. *Qu'est-ce que tu as fait à tes cheveux !* s'exclame-t-elle malgré l'heure tardive. Garance rit, virevolte autour de la pièce. *J'ai coupé, j'ai coupé !*

Il est toujours question de filles qui coupent leurs cheveux dans mes écrits, et des conséquences de ces nouvelles coupes. Garance ne fait pas exception à la règle.

Ariel ne trouve personne quand il arrive chez lui. Son coloc a encore dormi ailleurs, lui seul sait où, et le chat doit être en vadrouille dans le quartier, comme souvent ces derniers jours. Ariel pousse la porte du petit appartement, se débarrasse de ses chaussures d'un coup de talon et s'affale sur le canapé.

Garance a passé une merveilleuse soirée. Sa robe noire pend à un cintre dans l'armoire en face d'elle. En se remémorant les événements, elle rit plusieurs fois, allongée seule dans l'obscurité. Ça lui donne l'air superficiel et un peu bête ; je présume que c'est l'alcool.

Elle s'endort très rapidement. Lui ne peut pas dormir : il a toujours préféré être bercé par le souffle du soleil rouge plutôt que par la noire complainte des étoiles.

✸

Il est quatre heures du matin.
Garance danse,
elle ne sait pas où elle est mais elle s'en fiche

elle verra demain,
le reste n'a pas d'importance.

Ariel gèle,
il se demande pourquoi
il ne s'est pas couvert davantage
il a peur de tout à l'heure
comme je l'ai dit, le noir ne lui a jamais réussi.

Ariel est assis au bord d'une route peu fréquentée
il ne fume pas
mais ce n'est pas ce qu'il a dit à ses amis
il fallait qu'il prenne l'air
de celui qui connaît la vie
quand il n'en a aucune idée
et qu'il ne supporte pas
l'odeur du papier brûlé.

Garance est sortie elle aussi
elle a bu
la tasse
la tête lui tourne
et puis soudain
elle se penche et
son estomac rend tout ce qu'il contenait
ses longs cheveux auburn
sont tout poisseux

elle n'arrive pas à s'en vouloir
elle grimace
quelqu'un sort derrière elle
crie son prénom
c'est à peine si elle le reconnaît
elle hurle
Ramène des ciseaux !
La personne repart, puis revient
Garance ne se demande pas
d'où viennent les ciseaux
elle désigne sa tête d'un geste du bras
et laisse l'autre couper

Ariel ne voit rien de tout ça
assis au bord de la route,
il regarde les voitures qui ne passent pas

il porte une main à ses lèvres
et ne fume pas de cigarette

Garance rit fort, très fort
elle tourne sur elle-même
plus légère
si légère
elle passe la main dans ses cheveux
glousse quand elle ne rencontre
qu'une petite touffe

elle est toute seule, maintenant
elle hurle
Eh ! donne-moi une cigarette !

mais il n'y a personne

ah ! si ! là-bas
un homme est assis près de la route
vite, Garance titube dans sa direction
elle est trop loin pour voir ce qu'il fait
quelqu'un s'approche de lui
lui tend une petite boîte rectangulaire
et puis repart

Garance s'approche encore

Ariel se lève
et quitte
le bord de la route

La boîte est encore là, quand Garance arrive
elle s'affale sur le goudron
l'entrouvre doucement
et en sort une cigarette
elle plonge ensuite la main
dans son décolleté
pour y attraper un briquet

Elle ne rit plus, ne hurle plus
elle allume la cigarette
et la porte à ses lèvres

et alors
Ariel revient
et se rassoit

Garance se décale
pour lui faire de la place
il ne bouge pas
elle hausse les épaules

désolée, c'était la dernière

il ne répond pas

Ariel a froid
Garance a chaud
à la lueur de la cigarette
elle hésite
puis la lui tend
il la regarde
remarque sa robe noire
frissonne
prend le papier roulé

Corinne Léon

Il n'est même pas déçu
lorsqu'elle s'éteint
avant qu'il n'ait pu
pour de vrai cette fois-ci
la porter à ses lèvres

Garance ne sourit plus
elle se lève
et sans rien dire
rentre chez elle

Ariel frissonne alors
il frotte ses mains contre ses bras
la cigarette l'aurait sûrement réchauffé.
Il regrette, a dans la bouche
le goût rouge de l'amertume cendrée
celui du papier qui n'a pas eu le temps de brûler.

Il est huit heures du matin.
Garance dort à poings fermés
et Ariel ne saura jamais
quel goût il a, le soleil rouge
du début de l'histoire.

Vladimir Ducasse-Hybiak

Les Noces de Rhéa

Rouge feu

FEIBOO

Chante, ô Muse, les amours tumultueuses de Mars, triomphant Quirinus[1] !

Daigne, noble Déesse, inscrire dans la postérité sa plus fertile conquête, celle de Rhéa la Troyenne, petite-fille d'Énée et sang d'Aphrodite !

Emprunte même ma voix s'il le faut, tant cette histoire m'est précieuse...

Les années sont trop grises ces temps-ci et nos récits si ternes !

Il nous faut renouveler notre palette, trop longtemps le poète s'est tu !

Varions nos couleurs alors ! – le flot des légendes s'est-il tari sur nos berges ? –

Et ravivons nos pigments, que diable ! tant l'éclat de nos épopées s'est délavé...

¤

Déclame donc, illustre Camène[2], la rage d'un amant ambitieux !

Prends tes pinceaux – je te dédie mes vers – et esquissons dans les cœurs et les chroniques la terrible fresque de nobles passions.

---

1. Dieu célébré dans la Rome archaïque avec Jupiter et Mars (triade précapitoline).
2. Nymphe des sources et des bois dans la religion romaine archaïque, souvent associée aux muses grecques.

Voici donc le cruel motif que tu m'as fait peindre ! Admire ton œuvre, ma dédicace !

Je t'offre Rhéa, mystique, déchue, suppliciée tour à tour par les outrages du pouvoir aux mœurs et par la furie des dieux contre les hommes.

Je te donne Amulius, le frère impassible face aux douleurs de sa sœur éplorée. J'ajoute au personnage l'allure cynique d'un séditieux nouvellement roi, et la paranoïa d'un tyran dans ses dernières années. Je lui réserve un destin d'usurpateur et le dote de cette cruelle ironie politique de ceux qui, assoiffés de gloire, cherchent en vain à attraper le vent et, sitôt qu'ils s'en saisissent, craignent déjà de le perdre.

Je te fais miroiter Rome, qui s'incarne au travers de son dieu. Je te la décris glorieuse et lointaine, tant son premier roi n'est encore qu'un simple songe.

Je te confie Mars surtout, dans tous ses costumes et ses nuances. J'ai fait le tour de sa panoplie, de ses atours de dieu à son allure effroyable, en passant par ses penchants les plus fous.

Je te narre la guerre dans toute son infirmité, non plus rêvée mais bien hallucinée à travers ses loques de fumée et de cendres. Je te la révèle dans la dissipation de son voile épique, et je te la montre dans l'horreur de sa condition. Je te l'ai sortie de la voie triomphale, traînée à la force de mes vers, pour enfin la dépouiller de ses derniers oripeaux.

Voici donc la genèse de Rome, que tu as tant voulu chanter, et son mythe fondateur : l'histoire de Rhéa – princesse éprouvée par les fers, enfermée par son frère – et de son viol par un très puissant dieu...

¤

La vestale[3] restait tard dans la nuit auprès du feu, et le braséro chauffait d'une fièvre sourde.

Les ténèbres noctambules la cernaient d'une nacre obscure, et le froid courant dans les replis de sa robe la faisait voler au gré des brises ; l'écume de son tissu, enfin, se répandait dans les ombres. Celles-ci dansaient sur sa peau, rougeoyante sous les lueurs de l'autel, et ses soupirs, lentement, voguaient le long des encens. Sa chevelure tendre, pareille à des épis de blé, coulait sur son sein, et à ses côtés pendait, étrange idole, un médaillon aux armes de Numitor[4].

Ainsi était la prêtresse qui, repliée entre les colonnes du temple, implorait de ses pieuses larmes la providence olympienne.

––––––––––––

3. Prêtresse de Rome qui honore Vesta (déesse du foyer).
4. Selon la mythologie romaine, roi d'Albe la Longue.

« *Entendez, puissants Dieux, la supplique d'une âme anoblie !*

Que résonne sur les bords de l'Albano l'appel d'une de vos illustres enfants ! »

Ses paroles n'ont de charmes que dans le mystère, et de même que l'on n'espionne pas les confessions, on ne trahit pas les secrets de la prière – jamais je ne me couvrirai de l'opprobre de la révélation ! – ; mais, la prose l'exigeant, elle dit quelque chose de semblable à ces termes, du moins croyez-le.

« *Quelle n'est pas ma douleur ! Moi dont le sang est à la régence, me voici calfeutrée sous les métopes[5] et, étrangère à ma propre ville, privée de cet héritage grandiose, dépossédée du monde et de ma cour, on m'a souillée de la stola[6], moi qui ne réclamais que l'himation[7] !*

Pourquoi ?

De quel droit a-t-on profané la douce fleur de mes jeunes années ?

Où êtes-vous donc, Gloire, Félicité et Règne ?

Vous, dont les grâces m'avaient été assurées dès le berceau, vous me semblez maintenant bien volages !

---

5. Éléments décoratifs de l'architecture grecque sur le devant des temples.
6. Vêtement traditionnel des femmes mariées, mais aussi des vestales pour souligner notamment leur caractère sacré et leur virginité.
7. Tunique drapée, d'abord portée en Grèce antique.

Que ne vous ai-je pourtant sacrifié sur l'autel de la réussite ?

Enfant, j'ai grandi dans votre culte ; femme, je n'ai eu de cesse de plier sous votre vindicte et, pareille à la bête de trait, j'ai porté mon mors de tout mon être dans le tracé de vos sillons.

Que mes larmes sont nombreuses, chères marraines ! et mes espoirs trahis tant votre soutien est vain !

À peine émergeai-je du sein maternel que déjà j'étais bercée dans l'attente de mon triomphe, mais me le voilà confisqué sitôt que je menace enfin de l'embrasser ? Ce soir, Dieux immortels, sachez que ma peine ne connaît plus de fond.

Retrouverai-je jamais mon trône, moi dont la tête est taillée pour la couronne ?

Triste souveraine, ce n'est plus dans mon palais que je veille, mais à l'autel !

L'humiliation n'est pas moins grande quand le rustre est de votre lignée, et la filiation du félon n'en est que plus douloureuse ; car non content du parricide, le vil Amulius a emmuré sa sœur et me voici au temple !

Ah vraiment, quelle triste vie que celle de la foi quand l'âme aspire à d'autres grandeurs !

Que la loi du vainqueur est amère ! Et que le glaive de la Justice est vacillant sur le cou du puissant !

Je ne puis tolérer cette iniquité plus longtemps ; pendant que mon désarroi se prolonge, je le sens gagner de nouvelles bassesses...

Larvée derrière mon voile, fulmine une rage prodigieuse – celle d'une innocente bafouée – prête à rugir du haut des acrotères[8].

La parcimonie et les vertus ancestrales m'ont laissée amère, et ma bile jaunit[9] sous les feux de ma colère !

Je me languis d'un courroux qui ne tarde que trop ; aussi j'en appelle aux Forces éternelles et les supplie de toute ma hargne – je le jure sur le Styx ! – de fondre sur un usurpateur qui n'a que trop régné !

Je suis lasse du culte sévère de si lâches préceptes, aussi je me tourne désormais vers de plus ambitieux projets. Pour ce que l'honneur et la piété m'ont apporté en échange de mes loyaux services, je préfère les immoler à de nouvelles idoles !

Surgissez des tréfonds des Enfers, Furies, Mânes[10] et Dieux ! Accourez enfin ! Des océans, des forêts et du firmament même ; car à celui qui répondra à mes suppliques, je lui dédierai mon sacerdoce[11], et

---

8. Dans l'Antiquité, éléments architecturaux décoratifs de la façade d'un temple.

9. Dans la théorie des humeurs du médecin grec Hippocrate, la bile jaune est, en excès, associée à des comportements colériques.

10. Âmes ou esprits des morts pour les Romains.

11. Fonction du prêtre.

ma flamme sera à lui, pour peu qu'on m'offre Albe la Longue ! La ville sainte entre les collines et les caldeiras !

Car si Justitia[12] s'est détournée des plaidoyers mortels, alors je m'en remets à d'autres magistrats ; peu m'importe le prix de cette conquête ! Si je n'ai pu gagner la postérité par la toge, alors c'est par le glaive que je la soumettrai !

Princesse des monts Albains, l'anonymat est pour moi la pire damnation et la guerre un moindre mal. »

⌻

Pauvre femme ! L'éclat de tes fureurs t'aurait-il ainsi tant aveuglée ? Ignores-tu donc que les dieux sont avides de martyrs ? Que leurs faveurs se comptent en tragédies nombreuses ?

Le sang humain est leur nouvelle ambroisie, pour tout ce panthéon dont les hécatombes n'apaisent plus la soif ; d'Akkad[13] à Eridu[14], du mont Tai[15]

---

12. Déesse de la justice.

13. Capitale de l'empire d'Akkad, qui a dominé la Mésopotamie du XXIVᵉ siècle au début du XVIIᵉ siècle avant J.-C.

14. Première ville du monde selon les Sumériens, la première protégée par les dieux selon la *Liste royale sumérienne* datant du XXIᵉ siècle avant J.-C.

15. Une des cinq montagnes sacrées de la Chine, lieu où le premier empereur de Chine Qin Shi Huang a proclamé l'unité de son empire en 219 avant J.-C.

à Paektu[16], le Ciel enflamme les Nations de Sa sainteté, et ce sont dans ces tueries indénombrables que les États dévorent le monde.

De même que la forêt dense regorge de bêtes affamées et de ténèbres insondables, l'Olympe est gorgé de ces effroyables lamproies – tristes eaux que personne ne devrait troubler !

Mais voici que ta détresse excite ces funestes courants et il eût fallu, Rhéa, qu'à tes lamentations réponde le grognement vicieux et opportun d'un loup jailli des tréfonds de la Thrace. Or c'est drapé dans sa vieille pelisse aux reflets de lune qu'il accourt aux abords de ton temple. Invisibles, insondables, déjà ses vapeurs mortifères coulent le long du marbre blanc ; les troupeaux s'agitent au loin dans des bêlements sourds.

Ses babines suintent de bave et le voici qui, d'une voix suave aux accents de myrte, te susurre de douces promesses.

« Rhéa, le pouvoir n'est, tu l'as vu, qu'affaire d'accaparement ; or dans ces situations les grands principes ne siéent guère à la conquête : leur trop grande rigidité préfigure la fin de leurs adeptes. Il te faut pour éviter le tombeau être aussi vive que la

---

16. Mont sacré pour les Coréens, lieu de naissance du roi légendaire Tangun, fondateur du premier royaume coréen Gojoseon en 2333 avant J.-C.

vipère, acerbe que le faucon et souple que le jonc. Sors tes crocs, femme, aiguise tes serres, et je te promets le plus grand festin de ce monde. »

Tétanisée, Rhéa revient à la raison devant l'ampleur du gouffre qui s'ouvre devant elle. Mais il est déjà trop tard : l'intoxication prenant son effet, elle sent ses membres et son discernement s'engourdir à nouveau tandis que ces sombres injonctions l'effleurent.

« Le pourrais-je seulement ? » se murmure-t-elle, effarée, indécise.

Au loup de répondre, redoublant de miel.

« Allons, ne tremble pas. La gloire est à ta porte, tu dois pour l'embrasser simplement abandonner les quelques carcans qui te retiennent encore. N'entache pas de tiédeur le fiel qui t'a saisie à l'instant ! La sens-tu, cette fougue qui te dévorait le poitrail lors de tes grands serments ? Par le sel et le soufre ! C'est le pouvoir qui rugissait dans tes veines, voilà le chant d'hyménée auquel tu aspirais tant ! Te voilà devant l'autel, Rhéa, ta robe est déjà prête, ta dot tout offerte : il ne te reste plus qu'à prononcer tes vœux dans le sang – et ne t'en fais pas, il coulera abondamment avec pareille épouse ! Je t'offre la vie, princesse, et ta couronne avec, là où les Lares[17] paternels ne te livraient qu'au cercueil et à l'oubli. »

---

17. Divinités romaines protectrices du foyer et de la cité.

Un frisson parcourt le corps de la vierge ; dans un dernier sursaut, elle tente désespérément de se défaire de l'envoûtement perfide dont elle est la victime. Or sa course sur les champs du Destin est irrévocable : insidieuses et enjôleuses, les funestes paroles du loup accablent son esprit et pénètrent son cœur.

« Oublie la piété : car que t'a-t-elle apporté, sinon de l'infortune ? Saisis-toi de ce que je t'offre sur un plateau, et justice te sera rendue. Oui, regarde, princesse, comment la morale est le propre des macchabées et des derniers de la Terre : sache, Rhéa, que la vertu est morte et que la politique est l'art de quelques vautours avides d'en dévorer les dernières chairs. Non, le règne est, vois-tu, industrie d'un tout autre genre de morale... De même que devant le défilé des charognards il te faut t'entourer de carcasses, cernée par les hommes il te faut inspirer la crainte jusqu'au plus profond de leur âme. Déchaîne ta rage, prends mon bras jusqu'à l'autel, et je me ferai joie de t'enseigner la virtù[18] *que j'honore. »*

Funeste araignée, le loup achève de l'emprisonner dans sa toile de mensonges et d'acrimonie ; triste pantin de ses sinistres desseins, la prêtresse est bientôt emportée par ses délires.

---

18. Désigne le pouvoir ou la vertu en italien. Chez Machiavel, elle correspond à la capacité d'acquérir et de conserver le pouvoir.

« Renonce à l'adoration débile de tes ancêtres, prêtresse. Attise le feu de ta rancune et réclame de tes propres mains le trône que tu convoites tant ! Il ne te reste qu'à jeter aux flammes les reliques de tes anciennes illusions. »

Marionnette répondant aux fils du dieu, la vestale a renversé l'âtre de son culte ! Un hurlement résonne entre les collines et les nuages. Malheur ! Présage funeste pour les siècles à venir ! Pourquoi donc as-tu livré ta patrie à cette fièvre guerrière ?

Le monde était-il si paisible qu'il méritait une Troie nouvelle ? Dans cette cacophonie d'exploits, de gestes et d'épopées, les peuples se confondent dans leurs mythes et leurs légendes. Ainsi Rhéa prend des allures de Grecque et on entend au loin, comme des milliers de fantômes dispersés dans le vent, les Mânes des Grecs et des Troyens gémir sur les remparts.

« Malheureuse Hélène[19] ! De même que pour elle les Hellènes ont brûlé la sainte Ilion[20] et ses hommes, que les dynasties se sont déchirées, que femmes et maris ont versé de leur sang, que les fils sont devenus orphelins, que les trônes sont restés vacants, entends

19. Fille de Zeus et de Léda dans la mythologie grecque. Considérée comme la plus belle femme du monde, elle est d'abord mariée au roi de Sparte Ménélas avant d'être enlevée par le prince troyen Pâris, ce qui déclenche la guerre de Troie.
20. Autre nom de Troie.

maintenant mugir entre les murs le déferlement de la Bête, qui vient pour toi, qui réclame tes fils, comme elle a pris les nôtres pendant ces dix longues années de siège. »

¤

C'est la cavalcade des chars, le claquement des lances et le sifflement des pilums[21] tous ensemble. Enfin, c'est la marche indéfectible des phalanges qui s'effondrent sur les murailles du roi Priam[22], celles que ton ancêtre[23] a quittées, son père sur le dos, le long des rivages latins.

Cruelle ironie !

De même que la ruse a perdu l'antique Troie, c'est mystifiée que tu as obéi à ton bourreau – descendu des Cieux rien que pour toi ! – et le voici dans son vêtement de tueries et de massacres, réclamant son dû. Une canicule explose dans le temple alors que dans la nuit éclate un orage sans pluie... Ce soir, une déferlante s'abat sur la pauvre prêtresse et la fureur d'un dieu avec : derrière l'absinthe, le cruel a enfin révélé ses senteurs de rance.

---

21. Lourds javelots utilisés par l'armée romaine.

22. Roi mythique de Troie.

23. Énée, fondateur de la dynastie dont vient Rhéa et de la ville de Lavinium, est le seul rescapé du sac de Troie. Fils d'Aphrodite, il est le protagoniste de l'*Énéide* composée par Virgile.

Ainsi, frêle Briséis[24], admire ton tortionnaire surgir des flammes sur lesquelles tu as veillé tant de nuits durant !

Le vent se déchaîne entre les colonnades et, pendant qu'il s'engouffre dans le brasier, Mars se fait plus clair entre les charbons ardents. Sa passion est pour toi, triste conquête, car te voici l'instrument de sa domination et c'est par toi qu'il étendra son empire sur le monde !

Certains Béhémoths gagneraient à rester endormis, et certaines prières sont meilleures lorsqu'elles sont tues... Malheur à toi, Rhéa, car il n'y a pas d'antidote aux passions de cet être farouche et emporté ! La peur soudain te prend, et un froid nouveau croît dans tes membres : c'est l'horreur.

Tu cours, tu détales devant ce pilier incandescent émergeant des braises, cette figure nouvelle taillée en fuseau dans des gerbes écarlates. Son ombre s'étend sur tout l'autel et engloutit les offrandes, alors que sa lueur perce la nuit de son feu.

Tu fuyais dans les replis des ténèbres nocturnes, et les voilà soudain incendiées par l'apparition ! Impensable ! Son regard de fer se darde sur toi, et pareil à des éclairs tonitruants dans la nuit, il te

---

24. Dans l'*Iliade*, captive noble délivrée à Achille en récompense pour ses prouesses au combat.

transperce de son éclat zébré. Des chiens sortent du feu, sa monture farouche émerge du foyer, le bois calciné de l'âtre se répand autour de l'autel, tandis que les cendres explosent sous tes pas.

Albaine Actéon[25], tu fuis un ouragan, tu te caches de la tempête en pitoyable proie d'une effroyable chasse à courre. Or ce dieu n'a pas fini sa course alors qu'il s'ébroue dans le périptère[26] ; pourtant sa victoire est déjà assurée. Les flammes te lèchent les talons, et ta robe s'écorche en bouts de soie brûlée ; l'animal beugle toujours, cette fois-ci t'ayant capturée, tes pleurs s'écrasent en vain dans la cella[27].

Trop longtemps ce conquérant a attendu son triomphe, celui de la vengeance de Troie et de l'ébranlement grec ; or son putsch est désormais bien ourdi.

C'est que les autres dieux se sont épuisés en miracles ! Leurs exploits ont tari le fleuve de leur puissance, et ce général avide a paré ses barques des meilleures armatures pour ce raid ; car ce soir, la brèche dans la hiérarchie céleste est enfin ouverte et la dictature est son ultime providence.

---

25. Chasseur déchiré par ses propres chiens, puni par Diane après qu'il l'a surprise en train de prendre son bain.
26. Rangée de colonnes.
27. Partie close du temple romain.

Mais pour renverser l'omphalos[28], Mars a besoin d'ouvriers, de héros, c'est toute une mythologie qu'il lui faut recréer ; en bref, Mars cherche un sanctuaire. Cependant, n'était-ce pas ce que tu lui avais promis dans ta détresse ?

C'est tout un monde qu'il doit refondre, et pour cela il lui faut un atelier et mieux, des ustensiles. Ainsi il sera le forgeron et toi l'enclume, le moule dont il extraira les nouvelles formes de l'univers. Et il le tiendra, cet outil formidable, œuvre d'une audacieuse ingénierie, pour façonner Rome à travers toi.

Et pour ce Vulcain gladiateur, les Achéens[29] ont allumé le feu parfait de sa forge guerrière. De l'incendie d'Ilion est sorti le levier à partir duquel il renversera la Terre, pourvu que Rome en soit le pivot !

Un empire sans conquêtes se meurt. De même, Jupiter a noyé ses appétits de jeunesse, le trône l'a rassasié et l'âge a rouillé cette expansion salvatrice.

Ainsi, Mars sera le nouveau mouvement du cosmos, la marche intraitable du changement, et cette femme enfantera son plus bel ouvrage pour

---

28. Symbole du centre du monde.

29. Désigne ceux qui viennent d'Achaïe, région de la Grèce antique. Dans l'*Iliade* et l'*Odyssée*, le terme désigne les Grecs.

les siècles à venir, le temps d'investir l'Olympe, d'en inverser la cour.

Voici, peuples de la Terre, la naissance d'un empire millénaire, voici la genèse de Rome : Pasiphaé[30] nouvelle, Rhéa porte en son sein une terrible fratrie.

Marquée au fer de sa rébellion, Albe la Longue tombera ; sa descendance imprégnée par le dieu conservera sa force belliqueuse, s'étendra sur les mers que son ancêtre a arpentées.

¤

Et la Grèce, dilapidant ses forces vives dans ses dernières prouesses, épuisée par le poids de l'Histoire et des légendes, entrera sous le joug impitoyable de cet enfant terrible. Écho inoubliable de la rage hellène, il en gardera les qualités et en magnifiera les excès. Chauffé à blanc par l'humiliation troyenne, réfugié inconscient d'une patrie dispersée, il trahira sa funeste parenté à travers ses conquêtes et son génie.

Ce nouveau champion, immense Goliath[31] à la tenue de pourpre, finira de mettre à genoux les

---

30. Fille d'Hélios et de Perséis (nymphe des océans) et épouse du roi Minos. Elle a donné naissance au Minotaure, monstre mi-humain mi-taureau à la suite d'une malédiction de Poséidon.
31. Géant vaincu par David dans la Bible.

vieux Atlas[32] de la belle Hellade[33] ! Ainsi sera l'ordre latin, ainsi sera le monde.

Le Daimôn[34] s'est échappé de son vase de bronze et peut maintenant déchaîner sa furie.

♯

Et de même qu'il a raflé la fleur gracile que Rhéa ne gardait que pour elle – la voici calcinée ! – il arrachera les fils de la mère, la fille du père, broiera le camarade devant l'ami. Aucune veuve ne l'émeut plus, aucun malade ne l'atteint désormais. Le blessé nourrit ses fantasmes déments et alors qu'il traîne dans son sillon Famine et Pauvreté, il offrira à ses quelques fidèles Richesse et Gloire ; car c'est là la seule lueur qu'il apportera à son fief du plus profond de ses batailles.

Justicier par arrivisme, son poing s'abat sur les uns avec la force d'une guillotine tandis qu'il couronne les autres d'ornements de sang.

Faiseur et fléau des royaumes et des Empires, il en est le premier ressort, l'instinct essentiel, l'état naturel.

---

32. Titan chargé de porter la voûte céleste sur ses épaules pour l'éternité.

33. Provinces centrales de la Grèce, le terme désigne aussi la Grèce dans son ensemble.

34. Divinité inconnue de celui qui la mentionne, peut aussi désigner un être intermédiaire entre le divin et le matériel.

Insatiable, Mars prendra chair comme un claquement de sandale contre la terre, de multiples clameurs d'une foule dans le Colisée.

Mais bientôt la bravoure ne lui suffira plus.

L'habitude étant l'anesthésiant ultime de la jouissance et la transgression son excitant majeur, les escarmouches et les batailles n'auront plus assez de drames à offrir ! Et quand la cavalerie ne récoltera plus assez d'âmes, que la flèche ne fauchera pas davantage, on parquera l'une de bronze pour la faire rugir encore, et on transformera l'autre en javelot pour la faire frapper toujours. C'est l'escalade perpétuelle du crime par l'impudence ; et pour ce roué, la gradation ne régule en rien son plaisir, tant sa faim est grande – la fumée des offrandes a depuis longtemps cédé le pas à la boucherie !

Et ce Gernande[35] n'a pas fini de nous perclure de ses saignées !

Malheur à nous – encore ! – quand ce Saturne[36] dévorera ses fils !

Adversaire par excellence du genre humain et de la vertu, dont il partageait autrefois les armes, son industrie en est désormais le plus excellent

---

35. Un des persécuteurs de Justine aux perversions nombreuses dans *Justine ou les Malheurs de la vertu*, Donatien Alphonse François de Sade, Veuve Girouard, 1791.

36. Père de Jupiter (nom latin de Zeus), détrôné par celui-ci après avoir dévoré ses autres enfants par peur de perdre le pouvoir ; dieu du temps.

ennemi ; admire donc, pitoyable épouse, l'hérésie de cet hymen, qui, contraint et imposé, te marque jusque dans tes chairs !

Alors que le temps des épopées a mis au monde son dernier fils, Énée le Troyen, réfugié intrépide, et pendant que les dieux sombrent lentement dans un silence mortifère et ensommeillé, Mars se livre au saccage avec l'énergie des démiurges.

C'est le triomphateur de nos mythologies, et son ombre éclipse des pays entiers tant il a grossi de guerres. Moteur tabou de nos politiques et spectre insondable de nos lettres, instigateur de révolutions et semeur de terreur, son ardeur est dans le trouble et les razzias.

Monstrueux et fervent chiroptère de l'Homme dont il est la violente tumeur, sa passion se teinte d'écarlate, et alors qu'il gronde entre les Nations, en sculpte l'histoire et scarifie leur chair de son effroyable rasoir, sache, lecteur, que ce rouge, révolutionnaire, nostalgique ou rêveur, ulcéré, peureux ou idiot, n'en reste pas moins meurtrier.

N'oublie pas, toi qui lis ces lignes, que la gloriole est le terrible appât qu'il offre à ses victimes ! que sa déchéance est entre nos cimetières et nos tranchées ! Le sang a par trop souillé le glaive et les encens !

Ô Muse, dresse-toi face à ce vieillard, pour que jamais plus la patrie n'ait à donner ses fils !

À cet ogre, ce maraud, ce vilain, à ce savant excitant des appétits de puissance, à cet ignoble tueur au regard de feu.

Héloïse Fohanno

La Couleur de nos Âmes

Scarlet
FF2400

LES ESPACES PUBLICS sont toujours débordants de couleurs.

Les parcs, les rues, les transports... Je n'ai jamais compris ceux qui allaient chercher la beauté dans les champs, quand nos villes brillent autant. L'architecture n'est certes pas toujours la plus variée, les matériaux qui nous entourent ne se distinguent pas par des teintes uniques ; mais il y a une richesse commune à toutes les métropoles qui manque à la campagne : les gens.

Chaque personne émet sa propre lueur. Dès que j'ouvre les yeux, mon cerveau traite immédiatement les images reçues et attribue à chacune une sorte d'aura. Les mots ne constituent qu'une maigre partie de nos discours ; nos corps diffusent un tout autre langage : expressions, tics nerveux, style vestimentaire, démarche... J'associe, pour une raison que j'ignore, ces détails à des traits de caractère, puis à des couleurs.

Il m'est arrivé de le mentionner à mes proches, quand j'étais petite. Avant que je réalise à quel point c'était bizarre, j'expliquais à mes parents les couleurs de mes camarades, et leur demandais parfois quelle était la mienne. Ils jugeaient cela amusant au début, mais peu à peu les adultes avaient viré au jaune aigre, agacés que cette rêverie puérile ne passe pas avec l'âge. Alors j'ai arrêté d'en parler, et je les ai très vite vus redevenir verts.

Certaines personnes changent de couleur, d'autres jamais. Je me méfie beaucoup de ces dernières, qui ne montrent pas leurs émotions – c'est difficile pour moi, habituée à lire les gens comme des livres ouverts.

J'aime dire que je vis dans un arc-en-ciel. Enfin, un arc-en-ciel dépourvu de rouge.

Le rouge a toujours été un mystère pour moi. On lui prête des dizaines de significations, à la fois couleur du sang et couleur des fleurs, couleur qui sauve et qui anéantit, flamme de l'espoir et symbole de haine, c'est pourtant une teinte que je n'ai jamais vue chez quelqu'un. Enfin, jusqu'à aujourd'hui : trop absorbée dans la lecture du métro, j'ai – comme toujours – raté mon arrêt. Un éclat de rire aux lèvres, je m'amuse de la situation, sous l'œil agacé des grincheux quotidiens, qui virent au jaune.

Je poursuis mon étude des autres : une élève bleue en train de réviser ses cours, confiante et sur la bonne voie ; un père et son fils, marron, travailleurs et respectueux ; un vieil homme ocre, l'air mauvais. Par accident, je croise le regard de mon propre reflet, en noir et blanc. Pour la première fois depuis longtemps, j'ai envie de hurler. Je ne suis plus d'humeur à observer les passants. Je me faufile jusqu'aux portes et attends impatiemment le prochain arrêt.

C'est là qu'arrive mon miracle. Le métro s'élance dans sa dernière accélération, le vent soulève nos cheveux tandis que l'on passe sous un énième tunnel, privés de la lumière du jour. Et quand on en sort, un éclat. Un puissant éclair rouge, riche, brillant, accompagné d'une pointe d'orange. Un incendie de couleurs qui me brûle les yeux. Cette vision m'est si étrange que j'en perds l'équilibre, juste au moment où les portes s'ouvrent. Dans leur élan, les gens me bousculent et je roule hors de la rame, condamnée à voir mon éclat s'éloigner. Quelques mains bleues et vertes me relèvent, je les remercie avant de courir dans sa direction.

Comme un feu follet, je vois ce rouge sautiller dans la foule de temps à autre, il semble s'assurer que je ne le perds pas, qu'il me tient toujours. Les questions se bousculent dans ma tête – qu'est-ce que ça signifie ? Est-ce la couleur d'un criminel ? D'une personne violente, ou mourante ? Ou de mon âme sœur, comme dans les romances fantastiques ?

Sortie de la station, je poursuis ma course dans la rue. Cette aura singulière sème des traînées rougeâtres derrière elle, qui dansent avec les feuilles d'automne avant de se noyer dans le macadam. Cela ne m'empêche pas de la perdre de vue. Essoufflée, j'emprunte une allée sinueuse sur ma droite et manque d'entrer en collision avec la flamme. C'est une femme intemporelle. Je lui donne une trentaine d'années, puis la lumière se réfracte sur sa peau et lui creuse des rides nouvelles : elle gagne quelques décennies.

Soudain, un coup de vent emporte sa vieillesse et redonne à ses joues les rondeurs de l'enfance. J'hésite, cligne des yeux à plusieurs reprises, confuse. Elle penche la tête sur le côté et dévoile un doux sourire, qui se garnit de crocs. Ses dents tombent. Prise d'un vertige, je m'affaisse contre un mur. Les nuages ne tardent pas à recouvrir le ciel, nous isolant dans cette rue sombre. Noyée d'émotions contradictoires, j'étouffe, la tête dans les mains, mais j'aperçois encore cette lueur rouge, son pouls affaibli, qui s'immisce entre mes doigts.

À ma grande surprise, c'est elle qui rompt le silence.

— Scarlet, elle souffle.

Je relève la tête, interloquée.

— Pardon ?

— Scarlet, elle répète, d'une voix presque suppliante.

J'ose enfin la regarder dans les yeux, et elle se stabilise dans le corps d'une vieille dame. Peu importe sa forme, le rouge lui va à merveille. Alors que mon regard commence à s'habituer à cette couleur folle, je remarque que tout ce qu'elle porte – vêtements, accessoires – l'est aussi. Peut-être que ça signifie quelque chose ?

— Écarlate ? je tente, cette traduction étant ma seule piste.

L'inconnue secoue la tête, les traits de son visage retombent dans une déception marquée.

— Scarlet, elle continue. Scarlet, scarlet, scarlet. Scarlet ? Scarlet. Scarlet !

Elle ne s'arrête plus, les mots sortent de sa bouche à toute vitesse, son corps reprend ses transformations étranges. J'ai l'impression d'assister au déraillement d'un mécanisme, et je ne sais pas comment le réparer. Sa voix monte et descend, emprunte successivement plusieurs émotions. Dans le chaos, l'inconnue esquisse un geste vers moi ; je croise alors son regard, seul élément inchangé. Et elle est terrifiée.

— Scarlet, scarlet ! je crie alors, impuissante.

Soudain, le vent se lève, la ville déjà grise sombre dans l'obscurité. La femme ne parle plus, son aura rouge s'emballe et l'étouffe. Je recule de quelques pas alors que la tornade devient opaque, d'un scarlet brillant, et hurle comme un orage. Petit à petit, le tourbillon fou rétrécit, rétrécit, jusqu'à ce qu'il n'en reste plus rien. La dernière source de lumière ainsi que l'inconnue viennent de disparaître.

Figés par l'effroi, mes muscles se détendent peu à peu et suivent mon instinct : je pars en courant, sans direction, n'importe où tant que ce n'est pas ici. Je ne tarde pas à quitter l'étroite rue. Au loin brille une faible lueur blanche.

Soulagée, je me précipite vers elle, trébuchant sur quelques nids-de-poule au passage. C'est la première fois que je vois un monde sans couleurs, et je n'étais pas préparée à cette froideur. Si c'est à ça que ressemble vraiment la ville, je comprends que les gens la fuient.

La lumière vient d'un lampadaire. Une fois que je suis assez proche, je ralentis et respire profondément. Quelques pas plus tard, me voici sous la lueur blanche. Je lève les yeux. Le faisceau me brûle et m'aveugle, mais je n'arrive pas à détourner le regard. Peut-être est-ce le type d'ampoule, mais cet éclat lumineux a un je-ne-sais-quoi qui fascine. De l'eau se détache de mes cils, mes paupières tremblantes ne parviennent pas à bouger, et j'essaie de tourner la tête, sans succès. Je m'imagine le faire : saisir mon visage figé des deux mains, agripper ma mâchoire et la pousser vers la droite, ou la gauche, aucune importance. Je crains que les fantômes de ce rayon de lumière – le dernier en vue, le dernier de la ville peut-être –, ne restent gravés dans mes iris bien longtemps dans l'obscurité. Cet éclat a marqué mes yeux au point de laisser son empreinte dans mon champ de vision, une tache rouge. Non, pas rouge. Scarlet.

Je fronce les sourcils, brutalement sortie de ma torpeur. Un frisson glacial traverse mon corps crispé par sa longue immobilité. Et cette lumière, c'en est trop. Puisque je ne peux ni fermer les paupières, ni tourner la tête, mes mains rompent le sort et, projetées entre mon visage et l'ampoule maudite, elles me servent de parasol et soulagent temporairement ma douleur. Désormais bloquée dans cette position inconfortable, je remarque la chaleur qui émane du lampadaire. Elle est si douce, et j'ai si froid… J'étire alors mes bras, du mieux que je peux, je dois atteindre cette chaleur promise. Mais mon corps est limité. J'aurais voulu me déboîter les épaules, séparer mes os, étendre muscles, tissus et tendons jusqu'à les rompre, tout pour effleurer cette flammèche magnifique.

Je suis ramenée à la réalité lorsque, par je ne sais quel miracle, mes doigts effleurent l'ampoule, et la brûlure aiguë m'arrache un sursaut qui me fait trébucher. Désormais à genoux, je respire de plus en plus vite : c'est la deuxième fois que je perds le contrôle de mon corps en cinq minutes, que se passe-t-il ? La lumière change, je relève la tête vers le lampadaire, les mains devant les yeux. Rouge. Scarlet.

Puis tout s'éteint. J'esquisse quelques pas, confuse, le souffle rapide, avant de m'assoir par terre, tête sur les genoux. Soudain, un puissant éclair rouge, riche, brillant, accompagné d'une pointe d'orange. Un incendie de couleurs qui me brûle les yeux. Le métro est sorti du tunnel. Je me relève et, sans tomber cette fois, m'élance immédiatement à la poursuite de la femme éphémère. Mes yeux piquent, je ne suis plus habituée à ce flot de lumières multicolores, mais j'ai un avantage : la femme semble emprunter le même chemin que tout à l'heure. Confiante, je prends quelques raccourcis et finis par l'intercepter.

— Eh ! Vous ! l'interpellé-je.

Il suffit de quelques instants pour que la peur déforme son visage et que je comprenne que j'ai fait une erreur.

— Scarlet, pardon..., chuchoté-je.

Je croise son regard triste, il est trop tard. Autour de nous, la rue puis le ciel s'éteignent, alors qu'elle s'effondre. Dans le noir qui ne tarde pas, mes bras cherchent quelque chose à quoi se raccrocher. Les barres du métro se matérialisent sous mes doigts, et l'éclair rouge nous éblouit aussitôt, nous sommes sortis du tunnel.

Cette fois-ci, je m'écarte de quelques pas et m'assieds sur un siège libre. Je n'ai pas envie de continuer ce cirque. Je descendrai à l'arrêt suivant, et rentrerai à pied. Un peu de marche ne fait jamais de mal à personne. Je prends mes écouteurs et laisse ma playlist défiler en aléatoire. Un nouvel éclair rouge m'arrache de ma torpeur. Puis un autre. Un froncement de sourcils plus tard, je réalise que le métro, pour une raison que j'ignore, dessert le même arrêt, encore et encore.

— C'est quoi ce bordel..., je marmonne.

Je ferme les yeux et pose ma tête contre la vitre. Peut-être que la prochaine fois que je les ouvrirai, je serai dans mon lit, et tout sera normal. J'essaie de m'en convaincre, mais les flashs rouges continuent, teignant régulièrement mes paupières. Une main se pose sur mon épaule.

— Terminus mademoiselle, vous devez descendre.

Je me redresse, déçue de ne pas être dans ma chambre. Évidemment, nous sommes au même arrêt.

— Écoutez monsieur, je connais bien cette ligne et je sais qu'il ne s'agit pas du terminus, pourriez-vous me laisser...

On me fixe d'un regard noir.

— Descendez, réplique-t-il d'un ton sec.

Son aura mauve me brûlerait presque, et je jaillis de mon siège vers la sortie, le cœur battant. Je ne rencontre que rarement des personnes si hostiles. Les portes se referment, et la rame repart. Je suis la seule à l'avoir quittée. Au loin, j'aperçois la flammèche rouge sautillant parmi les passants. Mais la curiosité ne suffit plus : j'ai beau brûler de connaître les secrets que recèle cette couleur, mon estomac se noue rien que d'y penser. Sans mentionner la fatigue de la journée, qui se fait de plus en plus lourde. Alors, j'étends ma veste par terre et m'installe dessus, en tailleur. Personne ne me remarque : quelques personnes trébuchent presque au début, puis la foule comprend vite qu'il y a un obstacle à éviter au sol, et s'ouvre puis se referme autour de moi. J'espère juste ne croiser aucune connaissance, la situation serait difficile à expliquer. Je remets mes écouteurs, regarde l'heure, puis lance la musique.

Une vingtaine de minutes plus tard, je me sens assez confiante pour me relever et partir. Après tout, une boucle est censée être identique en tous points, non ? Logiquement, je devrais avoir rompu le sort. Je ramasse mon manteau alors que les lumières s'éteignent. Un rire nerveux s'échappe de mes lèvres et résignée, je me retourne. C'est avec surprise que je découvre une flammèche rouge face à moi, et non plus la femme de tout à l'heure. Sa faible lueur me permet de voir que nous sommes seules dans la station.

— Pourquoi ne me poursuis-tu plus ? Je pensais que j'étais tout ce que tu voulais, l'objet de tes désirs les plus profonds ?

J'écarquille les yeux. Note pour plus tard, contacter la cafétéria pour voir si on a ajouté des hallucinogènes à mon insu dans mon repas de ce midi.

— Désirs ? De quoi vous parlez ? Scarlet ?

La flamme acquiesce.

— Eh bien, je reprends, j'aime le rouge, et je suis curieuse de savoir pourquoi personne ne le porte, mais pas à ce point ! Qu'est-ce que c'est que ce cirque ?

— Pas du rouge. Scarlet, précise-t-elle.

— Scarlet, je répète.

— Pour répondre à tes questions silencieuses, non, je ne suis pas un dieu. Je ne sais pas tout, mais je peux te donner quelques indications. J'ignore d'où vient ton don et qui en est à l'origine.

— Qui était la femme de tout à l'heure ? Est-ce qu'elle va bien ? Pourquoi vous l'avez envoyée ?

La flamme flotte vers le sol, je m'assieds alors en tailleur. Sa chaleur devient réconfortante, et cette situation plus rassurante.

— Elle est en vie. Cependant, plus dans ce monde. Elle a eu peur, mais elle est en sécurité. Les êtres scarlet, nous... Nous avons toujours existé. Dans une autre dimension, cependant. Récemment, nous avons découvert que certains de notre espèce s'étaient perdus ici, comme la femme que tu as vue tout à l'heure, alors nous sommes venus les sauver. Ta rencontre était un pur hasard, on ne s'attendait pas à ce que l'une des nôtres soit poursuivie. Comme nous la croyions en danger, nous t'avons tendu un piège.

— Un piège ? Quelle sorte de... Attendez, c'est vous qui êtes à l'origine de mon calvaire ? je crie.

Le son de ma propre voix résonne dans les galeries et son écho me revient avec force dans les oreilles. Le vent qu'il soulève fait frémir la flammèche. À la vue de sa figure instable, j'ai peur qu'elle s'éteigne mais heureusement, elle se stabilise.

— Désolé, nous devions nous assurer que tu n'étais pas une menace.

— Vous êtes tordus, je ricane, quel piège étrange ! Pourquoi m'isoler dans un monde obscur ? Pourquoi rendre cette lumière si ensorcelante ?

— À toi de me le dire...

Devant mon air perplexe, elle continue :

— Le piège, la boucle, est une dimension conçue pour révéler ce qui est caché au fond de ton inconscient. C'est grâce à ça que nous avons découvert ton pouvoir, et deviné ton obsession pour le rouge. Mais pour le reste... Je n'avais jamais rien vu d'aussi étrange.

— Oh.

J'imagine que je ne trouverai pas de réponse à mes questions de sitôt.

— Après cet échange, tu n'entendras plus parler de nous, poursuit la flamme, enfin, si c'est ce que tu veux. Mais tu as su déceler l'une des nôtres aujourd'hui, percevoir son aura. Peut-être en trouveras-tu d'autres. Dans ce cas, marche vers eux et chuchote « Scarlet », nous viendrons les sauver. Nous avons du mal à les repérer alors, si tu l'acceptes, tu nous serais d'une grande aide.

— Je préfèrerais rentrer chez moi et oublier tout ça...

La flamme acquiesce, patiente, quelques étincelles crépitent. Je prends ça pour un au revoir.

— Bonne chance pour votre recherche, j'ajoute.

Je lui fais un signe de tête, et la flammèche disparaît pour de bon. L'obscurité revient, accompagnée de ma fatigue écrasante. Le métro sort de nouveau du tunnel, je me retrouve assise contre la vitre, mais pas d'éclair rouge cette fois. À l'annonce de l'arrêt, je suis agréablement surprise : ils m'ont ramenée à celui que j'avais raté tout à l'heure. Je secoue la tête, quelle expérience bizarre ! J'abandonne mon siège à un autre passager et me prépare à partir quand je crois voir une lueur rouge dans la foule.

Cependant, j'ai beau examiner les passants, je n'arrive pas à en déterminer la source. Je hausse les épaules et sors de la rame, impatiente de rentrer chez moi. Sur la route, l'impression ne me quitte pas, mais je l'ignore : assez de scarlet pour aujourd'hui. Une fois arrivée, je jette mes affaires, retire mes chaussures, et fonce dans la salle de bains : une douche, et au lit ! Mais dans la pièce blanche, le rouge s'intensifie, comme si la flamme était revenue. Se moquent-ils de moi ? En tout cas, le scarlet va passer un sale quart d'heure... Je lève la tête, prête à en découdre, puis je croise mon regard dans le miroir. C'est moi. De mon corps autrefois gris se dégagent des volutes rouge brillant, mouvantes, identiques à celles de la femme que j'ai rencontrée tout à l'heure, identiques à celles de la flammèche. C'est moi.

Je suis scarlet.

Salomé Frisch

Vert

Capucine
FF5E4D

J E L'APPELAIS CAPUCINE ; ce n'était pas son prénom. Au début, je le faisais par moquerie parce que les jeunes enfants confondent la méchanceté et le rire. J'oubliais son prénom, je lui en cherchais un autre et je choisissais « Capucine » car je savais qu'elle ne voyait pas ces fleurs rouges devant sa maison ; je la narguais. Elle haussait les épaules. Il a suffi que je la nomme ainsi pendant quelques étés et que je glisse le mot dans des conversations banales pour qu'elle l'adopte sans s'en rendre compte, vaincue. J'ignore aujourd'hui encore comment elle s'appelle.

Elle ne voyait pas les capucines. Elle ne distinguait que leurs feuilles rondes et leur collerette ordinaire sans connaître leurs dégradés rouge vif, tenant parfois du jaune ou de l'orange, qui en relevaient les formes. J'avais bien retenu qu'elle ne percevait pas le rouge, elle me l'avait expliqué plusieurs fois – *daltonienne*, un mot compliqué. Un jour, je lui parlai des fleurs de son jardin et elle posa sur moi ses yeux déboussolés, « Où ? » demanda-t-elle, et d'un geste de la main elle parcourut l'étendue sauvage qui débordait de taches colorées. Le terme « daltonienne » n'a pris son sens que devant son doigt perdu.

❀

— Papa dit que les filles ne sont pas souvent daltoniennes.

— C'est vrai.

— Tu ne devrais pas être daltonienne, Capucine, c'est bizarre.

— Oui.

— C'est pas de chance, quand même.

❀

Chaque été, quand je passais quelques jours chez elle et ma tante, je lui apportais des capucines cueillies devant la façade de sa maison. Je plaçais tous mes espoirs dans ce maigre cadeau. Je cherchais la fleur qui briserait sa malédiction, celle qu'elle percevrait dans toute sa splendeur. J'agrémentais ce bouquet de quelques brins d'herbe. Ils brisaient l'harmonie ronde des feuilles en la perçant de pics. Parfois, j'ajoutais des fils de laine jaune au milieu des tiges, « Tu vois le jaune ? » – elle voyait bien le jaune. J'entourais le pied d'un large papier, comme chez le fleuriste, que je coloriais en bleu.

Elle le laissait là où je l'avais posé et elle n'y touchait pas. Je la surprenais parfois immobile au milieu de sa chambre, submergée par la pénombre du soir, à regarder le bouquet abandonné. Assise en tailleur, le dos voûté, elle ressemblait à une statue de la nuit. Sa main griffait le parquet. Je percevais dans ses yeux les pétales froissés qui s'y reflétaient, et sinon rien que je ne sache lire – il aurait fallu apprendre la langue de la déception, de la jalousie, de la lassitude : des émotions trop complexes pour la fillette maladroite que j'étais. J'en déduisais simplement que je n'avais pas encore trouvé la bonne capucine, celle qui lui ferait voir le rouge.

❀

— Capucine ?
— Je ne m'appelle pas comme ça.
— Aline, Calypso, Apolline ?
— Non.
— Alors Capucine...
— Si tu veux.
— Capucine, pourquoi tu pleures ?

❀

et le monde t'échappera tous les jours, dès que tu ouvriras les yeux, parce que tu ne sais le dessiner que dans certaines de ses couleurs, parce que tu vois du vert au cœur des couchers de soleil, c'est un ciel gangréné par la pourriture, tu vis dans une image malade où un filtre fausse tout ce que tu croyais cerner d'un regard, les couleurs chaudes tu en connais certaines mais tu ne disposes pas de la splendeur du feu, de ses envolées écarlates, tu ne vois pas même le rouge de ton prénom, Capucine

La malédiction verbalisée là, elle l'entendait chaque fois qu'elle croisait mes yeux : Capucine y percevait des paroles que je ne pensais même pas, et elle me détestait pour cela.

On se regardait.

Ses iris bleus, furieux : des stries jaunes les perçaient en étoile jusqu'à rejoindre sa pupille noire et immense. Mes yeux bruns, uniformes, couverts d'un voile d'incompréhension qui brillait sur leur surface.

On se regardait et elle lisait dans mon regard tout le rouge du monde.

❀

— Quelle est ta couleur préférée, Capucine ?
— Le rouge.

❀

Comment aurais-je pu aider Capucine ? Je la voyais une semaine par an, quand je venais chez ma tante. J'ignorais tout de sa vie, elle ne me racontait pas l'école, moi non plus. Je m'engouffrais dans la période trouble de l'adolescence sans en vivre les doutes ou la noirceur. On se baladait dans les champs, je lui parlais du ciel et de la terre. Elle restait mutique. Et moi je profitais du vent frais, des épis de blé qui me piquaient les pieds, je vivais dans le monde harmonieux des élèves sages et studieuses.

J'ai su tardivement que ce n'était plus une histoire de rouge ou de vert, de daltonienne ou de personne valide, il s'agissait d'elle contre l'univers tout entier. Elle croyait au rouge comme à une magie inaccessible ; la capucine était le symbole de son échec qu'elle portait en prénom comme une blessure de guerre. Ses jalousies qui la rongeaient, ses haines : il leur fallait un prétexte pour se déployer. Elle menait des batailles contre l'écarlate et le carmin. Elle trouvait dans cette gêne – moi je confondais ma droite et ma gauche, elle confondait le rouge et le vert – la cause de troubles plus profonds que personne ne pouvait comprendre.

Elle ne me parlait pas des nuances qu'elle percevait et qui m'échappaient, parce que ses yeux bleus lui offraient des couleurs subtiles, inconnues de tous : les humains n'avaient rien bâti autour, ils préféraient les feux des passages piétons, le rouge de l'erreur ou le vert de la bonne réponse. Elle peignait sa vie du pourpre de la faute.

— Elles ne sont plus là, les capucines de ta façade ?

— Non. Ma mère les a arrachées.

— C'est dommage.

— Je ne les aimais pas.

❀

Il y avait la sève des arbres et la rosée sur les herbes. L'humidité picotait la peau. On marchait de ce pas feutré qui frotte contre le sol. Je ne regardais pas son visage : je contemplais les nuages gonflés de pluie. Je ne percevais pas ses muscles tordus par la nervosité et ses yeux fous. J'ignorais... Si sa peau était faite d'orages ou bien de tempêtes marines. Si son sang coulait comme de la lave fluide. Si ses cris se répandaient dans le vent. Si elle se fendait en deux lors des tremblements de terre.

J'étais aveugle à elle.

On progressait sur un chemin de terre. Au loin, très loin de là, devant une maison, je crus voir de tout petits points rouges, « des capucines » soufflai-je et je désignai cette construction de briques, à l'extrémité du champ.

Capucine ricana. Je la regardai sans comprendre ses tremblements – je ne l'ai jamais comprise. Elle émit un cri de pie, seul son qui résistait à son silence, puis elle s'élança vers la maison. Là, au milieu des herbes, sa fureur ressurgit. Il ne s'agissait ni du rouge, ni de fleurs, ni de mes paroles maladroites, mais d'un monde entier qu'elle ne saisissait pas.

Je ne la connaissais pas assez pour la retenir, alors je me contentai de glisser à sa suite. J'observais le délitement de Capucine sans saisir les blessures de cette vie qui s'échappait devant moi. Il aurait fallu la suivre chaque année dans les cinquante-et-une semaines où je ne la fréquentais pas. Cette absence était un trou, je ne parviendrai jamais à l'expliquer, tout comme elle n'a jamais perçu le rouge au cœur de l'arc-en-ciel. J'étais daltonienne à ma façon : Capucine s'était dissoute dans le décor de vacances, objet que je confondais avec les autres.

À quelques mètres de la maison inconnue, elle trébucha sur une branche. Elle chuta joue contre sol. Elle continua à rigoler même la tête couverte de boue, les chardons enfoncés dans sa peau. Ses doigts longs comme des griffes s'enfoncèrent dans ses bras, elle s'arracha la peau et gratta ses plaies de ses ongles. Elle leva vers moi ses yeux fous et me dit :

— Je ne saigne pas, regarde, ce n'est que l'herbe dans la plaine.

Au PRISME DES LETTRES

LES MEMBRES DU COLLECTIF

BERTILLE BRICOU

Étudiante en humanités, Bertille Bricou est une jeune autrice de vingt ans. Malgré les difficultés liées à sa dyslexie, elle conçoit l'écriture comme un lieu d'engagement, d'évasion mais aussi de rencontre. Elle aime les discussions passionnées autour de la lecture autant que celles sur l'écriture. Ce recueil est sa deuxième expérience d'édition collective après la publication de « Ta Bohème » dans le recueil du *Prix Clara 2021* aux éditions Fleurus et Héloïse d'Ormesson.

MATHILDE CHEVRIER

Née à Lyon en 2006, Mathilde est fascinée par les arts depuis son plus jeune âge, un attrait qu'elle cultive à travers ses visites au musée et son goût pour la lecture. Elle s'intéresse au dessin traditionnel à partir de ses dix ans et cette passion ne la quitte plus. C'est pour réaliser son rêve de devenir illustratrice qu'elle intègre Bellecour École à Lyon à la rentrée 2024. Désormais, elle explore différentes techniques telles que la gouache ou l'aquarelle. Elle expérimente la couleur, tout comme sa plus grande inspiration : Hayao Miyazaki et ses paysages chatoyants.

Ses thèmes favoris en art et en littérature sont la rêverie, par exemple dans *Le Petit Prince* d'Antoine de Saint-Exupéry, mais aussi les dystopies comme celles de George Orwell et *Le Passeur* de Lois Lowry.

JOSÉPHINE CRISTOL

Oscillant entre les sciences et les lettres, Joséphine Cristol est une autrice de vingt ans, actuellement en L.AS 2 (licence accès santé) Sciences de la Vie. Avant même de savoir lire, elle voulait devenir autrice pour partager ses propres histoires. Sa passion pour les sciences et plus précisément la biodiversité, l'environnement, la santé humaine, la philosophie et l'anthropologie enrichit ses récits. Dans ses romans, elle aime créer de nouveaux mondes ou questionner l'avenir de notre Terre avec des conflits politiques, écologiques et éthiques. Elle saupoudre cela d'une myriade de personnages malheureusement trop humains, mêlant à son amour de l'humanité une pointe de misanthropie.

Ces dernières années, ses participations à des appels à textes ont abouti à deux publications en recueil, la première pour une brève pièce de théâtre dans *Désir* des éditions Je Vous Aime et la deuxième pour sa nouvelle « Rose des Neiges », Premier Prix du concours Entre les lignes, dans le *Florilège Littéraire XIV* de l'Académie de Montpellier. Lauréate du concours de nouvelles sur *Sauveur & Fils* organisé par L'École des loisirs, elle a eu la joie de rencontrer Marie-Aude Murail lors d'un échange enrichissant sur la lecture et l'écriture. En 2024, elle est lauréate du concours de médiation scientifique *Tales from Mednight*, organisé dans le cadre de la nuit européenne des chercheurs, avec son conte « Le Moine d'Ithaque ». En 2024, sa première pièce de théâtre est finaliste du Prix Bernard-Marie Koltès. Joséphine a également été deux fois demi-finaliste du Prix du Jeune Écrivain Français pour ses nouvelles.

CHLOÉ DERAIN

Chloé Derain est une proto-poétesse qui cherche à créer un langage kaléidoscopique faisant office de chaise électrique poétique. Admiratrice d'Alejandra Pizarnik, Sylvia Plath, Marina Tsvétaïéva, Else Lasker-Schüler, Patti Smith et Guillaume Apollinaire, elle a été publiée dans plusieurs revues francophones, anglophones et germanophones dont *Point de chute, Sœurs, Nyx, Kissing Dynamite* et *Mosaik*. À ses heures perdues, elle rêve de devenir médiatrice culturelle, s'essaie à la photographie et balance la tête sur de la musique des années 80.

VLADIMIR DUCASSE-HYBIAK

Vladimir Ducasse-Hybiak est un lycéen de terminale, passionné de langues et de cultures anciennes, qui étudie la géopolitique et le latin. Son attrait pour les lettres et les arts l'a poussé à s'essayer à quelques concours littéraires et à participer à ce recueil.

Lauréat du concours Athéna et du concours de l'AFPEAH, Vladimir espère à terme intégrer une classe de prépa A/L. En attendant, il s'essaie plus en profondeur à l'écriture. Grâce à ce projet, Vladimir découvre humblement le monde de l'édition et de l'écriture collaborative.

Introduit à la littérature par des œuvres de fantasy et grand appréciateur du genre, Vladimir étend progressivement son imaginaire par la lecture d'œuvres fantastiques (Lovecraft est l'un de ses auteurs de prédilection), de recueils de poésie et de proêmes (Baudelaire et Rimbaud plus précisément), et par l'étude de textes antiques issus de la littérature gréco-romaine (la spécialité latin s'avère dans ce cas essentielle).

Vladimir voudrait aussi découvrir de nouvelles conceptions du monde et du fait littéraire via l'étude de langues étrangères, qu'elles soient indo-européennes ou plus « lointaines » comme le chinois ou le coréen. Reste dans ses objectifs de vie universitaire, ou du moins personnels, l'apprentissage de langues encore plus anciennes comme le grec ancien, l'araméen, et – soyons aussi optimistes que fantaisistes ! – les langues de la Mésopotamie antique comme l'akkadien ou le sumérien.

HÉLOÏSE FOHANNO

Héloïse est une lectrice de toujours, alors c'est tout naturellement que l'écriture est entrée dans sa vie. Tiraillée entre de nombreuses passions et activités créatives, notamment la musique, Héloïse a parfois du mal à trouver le temps d'écrire, mais son imagination ne se repose jamais. Au fil des années, elle a connu différentes phases : fantasy d'abord, puis poésie, policier, sans oublier la phénoménale période Wattpad. Héloïse ne se limite désormais plus aux genres, même si des éléments reviennent fréquemment dans ses textes – comme l'affranchissement de la nature, des mondes sombres, l'espace, un certain réalisme magique...

Aujourd'hui en troisième année de licence de lettres modernes parcours langues et traduction, Héloïse s'est essayée à de nombreuses voies avant d'en arriver là. Au moment de choisir ses spécialités au lycée, on lui annonce qu'HLP (Humanités, Littérature et Philosophie) n'est plus disponible : elle se lance alors dans un bac scientifique, maths, physique, SVT, accompagné de latin, grec ancien et droit, car pourquoi pas ? L'avenir étant flou, elle s'inscrit au hasard dans une licence de droit, y reste un peu plus d'un an avant une réorientation en lettres modernes, études qui lui plaisent vraiment.

Dès le lycée, Héloïse s'investit dans diverses associations. Elle commence avec les Murmures littéraires, où elle reste plusieurs années en tant que juge du concours de romans, essayant parfois d'autres rôles comme animatrice ou chargée de communication. En droit, elle se lance aussi pendant un an comme chargée de communication chez Projet Democratia, association qui résumait les programmes des élections et l'actualité pour les jeunes. Ensuite, elle fait partie du premier jury du Pass Culture pour le prix Canal BD 2023, et rejoint le Bookclub de l'organisation. Héloïse participe aussi au jury du prix des lecteurs PKJ 2024, et, grâce au Pass Culture, elle a eu l'occasion de passer à la radio pour parler du livre *Le Bleu n'abîme pas* d'Anouk Schavelzon en septembre 2024, dans *Le Masque et la Plume* sur France Inter.

SALOMÉ FRISCH

Salomé Frisch est une khâgneuse avec plein de projets et de rêves dans la tête. Elle souhaite devenir éditrice et écrivaine, puisqu'il s'agit pour elle de deux facettes d'un même métier. Ce recueil de nouvelles lui permet d'explorer un peu plus cet univers qui la passionne. Salomé croit en la littérature collaborative, en l'émulation collective. Faire partie de ce collectif est donc une évidence.

Salomé est la fondatrice des Murmures littéraires, association qu'elle a présidée pendant quatre ans et qui organise un concours annuel en partenariat avec des maisons d'édition. Elle a également dirigé dans ce cadre la publication de *Murmures* à l'été 2024, le recueil des textes lauréats d'un appel à créations. Ce projet a été récompensé par le Premier Prix d'Annabachatier.

Occasionnellement bêta-lectrice ou membre de comités de lecture, elle accompagne des auteur·rice·s dans leurs projets.

Intéressée par la pluralité des formats d'écriture, convaincue que la littérature se situe à l'interstice des genres, elle écrit aussi bien du théâtre que de la poésie, des nouvelles ou des romans. Elle apprécie autant les littératures de l'imaginaire que la littérature blanche. Elle a accompagné en 2022-2023 la création d'une pièce de théâtre qu'elle a écrite, *Que brûlent les roses*, qui a été jouée par un metteur en scène et des comédien·ne·s professionnel·le·s devant quatre cent cinquante spectateur·rice·s à Paris. Elle a aussi remporté une dizaine de concours d'écriture (Prix Clara, de l'AFPEAH, Jacqueline de Romilly, etc.), qui lui ont permis de faire de belles rencontres et de publier des textes.

En littérature, elle apprécie le délitement de la frontière entre le monde objectif et subjectif et c'est pourquoi elle aime les personnages décalés, parfois fous ou méchants. Elle compte parmi ses auteur·rice·s préféré·e·s Ghérasim Luca, Emily Brontë, Boris Vian, Mathieu Bablet, Alain Damasio, Jean Anouilh ou encore Laurent Gaudé.

MELVIN GUERRA

À la suite d'études de lettres, Melvin Guerra se tourne vers un master en Sciences de l'information et des bibliothèques afin de combler son amour pour la culture en devenant médiathécaire. Pianiste depuis ses huit ans, elle a parallèlement adhéré à plusieurs associations artistiques (théâtre, danse, gestion de projets), puis fondé ses propres clubs d'art et d'écriture. Elle sert occasionnellement de modèle photographique ou de figurante pour des courts-métrages, et publie en 2024 son premier roman en auto-édition, *Afin que ton corps ne soit que roses*. Elle mène également de nombreux projets autour des arts de la scène, que ce soit au travers de l'écriture d'un spectacle ou de *drag shows*.

VALENTINE JAGUENAUD

Née en 2007, Valentine découvre l'écriture dans l'ennui. L'auditorium de l'école de musique et la cour de récréation ont accompagné ses balbutiements littéraires. C'est là qu'elle a fait ses premiers pas dans la poésie, son genre littéraire natal.

Étant d'une nature éparpillée, elle a enchaîné les tentatives littéraires. Chez elle, les carnets s'entassaient trop, elle a décidé de faire le ménage et de commencer à réaliser ses idées. Elle a écrit de nombreux poèmes et nouvelles dont « Couleur Utopie », un texte publié dans le recueil *Désir* des éditions Je Vous Aime. En première, sa troupe et elle ont joué sa pièce de théâtre, *Là où dansent les mensonges*, qui combine son amour pour l'absurde et pour les écrits introspectifs.

Pendant longtemps, elle a cessé d'écrire, frustrée par l'impossibilité de créer un texte parfait. Elle a recommencé récemment et a interprété elle-même *L'Homme-vent* en 2024, un monologue de sa plume sur l'ivresse, à l'occasion du festival TALUS. Elle fait des études d'économie qui la passionnent tout autant que cet art qui donne sens à sa vie.

CLAIRE KOZLOW

Claire grandit entre la France, l'Angleterre, le Maroc et la Belgique. Toujours en mouvement, elle puise son inspiration dans ses voyages et ses rencontres. Lauréate du Prix Clara en 2017, elle publie une nouvelle aux éditions Héloïse d'Ormesson, « Imagine Girls Like Girls », et un peu plus tard, un poème aux éditions Bruno Doucey en 2018, « Nos Nuits ». Elle est secrétaire générale du concours Poésie en Liberté en 2024. L'écriture l'accompagne au quotidien. En lectrice avide et autrice libre, Claire publie en 2024 son premier recueil de poésie, *Fragments d'une vie sans point ni virgule*, avec Poésie.io. Aujourd'hui, elle souhaite s'engager et engager sa plume. Un peu fleur bleue, rêveuse, mais toujours dans l'incisif.

CORINNE LÉON

Corinne Léon a vingt-trois printemps et a toujours aimé les oiseaux. Parce que sans eux, il n'y aurait pas de plume.

Les mots sont ce qui l'anime. Et elle aime animer les mots aussi, alors elle pense que les choses sont plutôt bien faites.

Dès le portail de son école primaire passé, elle a su qu'elle voudrait faire des livres sa vie. Tout s'est enchaîné logiquement : baccalauréat littéraire, hypokhâgne, khâgne, licence de lettres modernes à la Sorbonne, master Métiers du Livre et de l'Édition à Lyon. Elle a eu des expériences en librairie, puis a travaillé aux éditions du Faubourg en tant que chargée des relations libraires.

Et puis les lettres, toujours. Un compte Instagram dédié aux mots, en hommage à son autrice préférée, @ladamedelafayette. Des concours d'écriture. Des déceptions, bien sûr, mais aussi quelques mots heureux. Le Prix Clara en 2017. Le concours de la nouvelle George Sand en 2018. L'appel à manuscrits des éditions de l'ArtBouquine en 2020. Le Prix Lélia en 2021. Et maintenant, le rouge, comme témoin de l'encre de vie qui la traversera toujours.

L'écriture a sans cesse été au centre de son existence. Elle lui permet de remercier les mots, de leur donner vie – comme les mots la font vivre depuis le début.

Eva Orbelune

Née en Belgique par une nuit d'été de 1994, Eva Orbelune a toujours aimé voyager dans des univers fictifs. Dès son plus jeune âge, elle écrivait des poèmes et des textes courts qu'elle consignait dans un carnet. Depuis lors, les carnets ont perdu pour elle de leur charme, mais pas l'écriture qui l'accompagne quotidiennement.

À partir de 2010, elle rejoint la blogosphère, notamment sur Skyblog, où elle partage ses textes en ligne et échange avec d'autres auteur·rice·s. De 2012 à 2022, elle s'implique dans plusieurs projets collaboratifs autour de la littérature : La Malle à Livres (collectif de critiques de romans), Auteurs de Fiction (rassemblement d'auteur·rice·s et mise en place de binômes d'écriture), La Malle à Fictions (service de bêta-lecture), La Communauté des Mots (communauté d'écriture) dont elle fut d'abord la rédactrice en chef puis la gérante d'août 2017 à janvier 2022.

En 2021, elle signe un contrat d'édition pour la parution de la duologie *Le Destin du Magister* (tome 1 en 2022 ; tome 2 en 2023), puis met fin à son contrat d'édition en juin 2023. En parallèle de ses publications en maison d'édition, elle publie deux romans en autoédition : *Correspondance* (2022), une novella contemporaine épistolaire, et *Le Voile entre les Mondes* (2023), un roman contemporain traitant notamment des thématiques du deuil et de la maternité.

Eva conçoit l'écriture comme un moyen d'expression, mais aussi et surtout comme un acte politique. À travers ses écrits, elle défend des valeurs d'inclusion et de tolérance.

EVE RENARD

Née en 2003, Eve Renard a grandi près de Mâcon en Saône-et-Loire. Elle invente des histoires depuis toujours pour s'évader et libérer son imagination débordante. Fervente lectrice de romans et de bandes dessinées, elle partage ses chroniques en ligne sous le pseudonyme @goupilit. Son amour des mots l'a poussée à étudier les métiers du livre et de l'écriture à Paris pour en faire sa profession. En attendant de vivre de sa plume, elle travaille dans l'édition et cultive chaque jour sa passion pour la littérature.

Avant *Rouge(s)*, qui est sa première expérience dans l'auto-édition, Eve a déjà publié deux nouvelles dans le cadre de recueils collectifs : l'anthologie *Sorcières* chez Erminbooks, puis l'édition 2021 du Prix Clara organisé par Fleurus et Héloïse d'Ormesson. Elle écrit également des récits plus longs, alternant entre l'imaginaire et le contemporain au gré de ses inspirations. Son premier roman jeunesse paraîtra en maison d'édition en 2026.

JULIE ROSIAUX

Née en 2006, Julie baigne dans les histoires de ses parents dès son plus jeune âge. En grandissant, elle lit de plus en plus pour assouvir sa soif d'imaginaire. Les livres défilent, elle s'abîme les yeux la nuit en lisant en cachette à la lumière d'une toute petite veilleuse. Tandis qu'elle apprend à écrire, elle découvre la possibilité de créer elle-même ses histoires. Dans un classeur orange s'accumulent des copies doubles griffonnées au crayon à papier : des idées qui s'enchaînent, de courtes histoires maladroites et chargées en fautes de grammaire. Mais elle persévère, s'inspire de ses livres préférés, jusqu'à ses quatorze ans où elle prend contact avec l'auteur d'*Interfeel*, Antonin Atger, qui lui conseille de s'entraîner sur des formats courts comme la nouvelle au lieu de foncer tête baissée, comme elle le fait si bien, dans des ébauches de romans qui finissent bien vite abandonnées. Elle inaugure alors un « carnet spécial nouvelles » suivi de nombreux autres. Julie se prend de passion pour le format court, elle multiplie les nouvelles en écrivant tous les jours, s'essaie à la poésie, en prose, puis en vers. Les idées fourmillent, la rattrapent, elle doit sans cesse les noter pour ne pas qu'elles lui échappent. En terminale, elle se sent plus assurée et, sans abandonner ses chers formats courts, elle écrit une pièce de théâtre et entame l'écriture d'un roman.

Aujourd'hui en hypokhâgne, elle essaie de se prévoir des temps d'écriture entre les lectures obligatoires, les devoirs et les cours, et dans sa trousse, elle a une réserve plutôt impressionnante de bouts de papier découpés dans laquelle elle puise pour gribouiller quelques lignes quand l'inspiration pointe le bout de son nez.

Julie ne partage pas beaucoup ses textes, la plupart sont timidement lovés entre les pages de carnets et dans les dossiers de son ordinateur. Malgré tout, elle a participé pendant près de deux ans à un club d'écriture, et a déjà publié deux nouvelles dans des recueils collectifs : l'édition 2022 du Prix Clara, concours d'écriture organisé par les éditions Fleurus et Héloïse d'Ormesson, et le concours de la 25ᵉ foire du livre de Naves. Un de ses textes a également reçu le Prix Jacqueline de Romilly.

Louise Vandepoortaele
Le Guerroué

Louise Vandepoortaele Le Guerroué est passionnée par l'art sous toutes ses formes. Des racines de l'écriture jusqu'aux branches de la sculpture, en passant par le tronc solide de la peinture, elle explore chaque chemin créatif.

Louise est étudiante en troisième année de droit. Née dans le Morbihan, en Bretagne, elle vit à Paris depuis son enfance. Mais l'attachement à sa région natale a nourri son intérêt pour la spiritualité celtique et les légendes arthuriennes, des histoires qui ont forgé son imaginaire et une créativité sans limites. Son inspiration trouve racine dans les paysages mystiques d'Écosse et l'imaginaire médiéval en général. Elle travaille depuis un an sur une saga qui retrace les aventures de héros arthuriens dans un monde celte. L'écriture est devenue un moyen d'évasion et d'expression, transformant des années d'histoires qui restaient jusque-là enfermées dans sa tête en un univers qu'elle peut enfin partager.

Être poète, c'est choisir les mots qui font tourner l'esprit au-delà des exigences du réel. Et le réel, lui, l'a toujours ennuyée.

ELISA VINTEUIL

Elisa Vinteuil est une étudiante en langues vivantes d'origine luxembourgeoise. Initiée à la poésie par la lecture de Guillaume Apollinaire quand elle avait douze ans, elle écrit aujourd'hui des poèmes en français, anglais et allemand, mais s'intéresse aussi à d'autres genres. Passionnée par le théâtre et la musique, elle fait parfois référence à des textes ou des chansons, toujours cités. Elle n'aime pas beaucoup parler de ses poèmes, car s'ils ne parlent pas d'eux-mêmes, c'est qu'elle a dû les rater. Parmi ses auteurs préférés comptent Wajdi Mouawad, Alexis Michalik, Albert Camus, Francis Ponge, Blaise Cendrars, Sylvia Plath et Marina Tsvétaïéva.

BIBLIOGRAPHIE DES MEMBRES

Romans et novellas :

GUERRA Melvin, *Afin que ton corps ne soit que roses*, auto-édition, 2024

LÉON Corinne, *Crime à l'eau de rose*, auto-édition aux éditions du Net, 2017

LÉON Corinne, *J'ai encore volé une plume à un oiseau*, auto-édition chez L'ArtBouquine, 2022

ORBELUNE Eva, *Correspondance*, auto-édition, 2022

ORBELUNE Eva, *Le Voile entre les Mondes*, auto-édition, 2023

ORBELUNE Eva, *Le Destin du Magister*, auto-édition, 2025

Nouvelles :

BRICOU Bertille, « Ta Bohème », *Prix Clara 2021*, éditions Fleurus, 2021

CRISTOL Joséphine, « Rose des Neiges », *Florilège XIV 2023*, Académie de Montpellier, 2023

FRISCH Salomé, « Chère Anne », *Projet Anne Frank et la jeunesse d'aujourd'hui* [en ligne], éditions Calmann Lévy, Le Livre de Poche et Le Labo des histoires, 2019

FRISCH Salomé, « Pluyane et Solée », *Prix Clara 2022*, éditions Fleurus, 2022

FRISCH Salomé, « La Case », *Au commencement était le vide*, revue *Sarrazine*, 2023

KOZLOW Claire, « Imagine Girls Like Girls », *Prix Clara 2017*, éditions Héloïse d'Ormesson, 2017

LÉON Corinne, « La Pie », *Prix Clara 2017*, éditions Héloïse d'Ormesson, 2017

LÉON Corinne, « Pour un ultime battement d'elle », *Prix de la nouvelle George Sand 2018*, L'Harmattan, 2018

LÉON Corinne, « Poussière de temps », *Prix Lélia 2021*, 2021

RENARD Eve, « Sept corps en huis clos », *Sorcières*, éditions Erminbooks, 2021

RENARD Eve, « La Bande dessinée », *Prix Clara 2021*, éditions Fleurus, 2021

ROSIAUX Julie, « Les Masques », *Prix Clara 2022*, éditions Fleurus, 2022

Théâtre :

CRISTOL Joséphine, « Que voulez-vous ? », *Désir*, éditions Je Vous Aime, 2022

FRISCH Salomé, « Que brûlent les roses », *Adolescences*, éditions Je Vous Aime, 2020

Poésie :

DERAIN Chloé, « Passiflores » et « Femmes », *Désir*, éditions Je Vous Aime, 2022

DERAIN Chloé, « Liste de courses », *Hors Sujet* [en ligne], revue *La Syncopée*, 2022

DERAIN Chloé, « dancing with ghosts », *Ghost* [en ligne], revue *Kissing Dynamite #47*, 2022

DERAIN Chloé, « Guillemette », *Virgule* [en ligne], revue *La Syncopée #4*, 2023

DERAIN Chloé, « KEIN ORT NIRGENDS », *freiVERS* [en ligne], revue *mosaik*, 2023

DERAIN Chloé, « Nymphéas », *Cahiers rouges n°2* [en ligne], revue *Hélas*, 2023

DERAIN Chloé, « Mademoiselle », *Friches et jachères* [en ligne], revue *POÉTISTHME #14*, 2023

DERAIN Chloé, « l'enterrement du ciel : une mosaïque », *Bleu*, revue *Sœurs #11*, 2023

DERAIN Chloé, « Thursday I'm in Love », revue *Point de chute #7*, 2023

DERAIN Chloé, « quelqu'un a déposé des chrysanthèmes blancs », *Nouveau monde*, revue *Cahot #1*, 2023

DERAIN Chloé, « formes de la solitude (extraits d'un abécédaire affectueux) », revue *Nyx #20*, 2024

FRISCH Salomé, « Exercice de mathématiques » [en ligne], *Colorimétrie*, revue *La Syncopée*, 2023

JAGUENAUD Valentine, « Checklist », *Hors-série,* revue *La Syncopée*, 2023

JAGUENAUD Valentine, « Couleur utopie », *Désir,* éditions Je vous Aime, 2022

KOZLOW Claire, *Fragments d'une vie sans point ni virgule,* éditions Poésie.io, 2024

REMERCIEMENTS

C'est aux prémices de l'année 2024 qu'est né *Rouge(s)*, un projet collaboratif (un peu fou) entre ami·e·s passionné·e·s par les mots et l'art sous toutes ses formes. En parallèle de la création de notre association Au prisme des lettres, le recueil que vous tenez entre vos mains nous aura finalement demandé plus d'un an de travail d'écriture, d'édition et de communication. Merci à vous de l'avoir lu, d'avoir vécu les histoires que nous souhaitions vous raconter entre ces pages.

Plusieurs personnes extérieures au collectif nous ont aidé·e·s à porter ce projet. Un remerciement particulier à la famille de Louise pour l'amour et la bienveillance avec lesquels elle a accueilli ses écrits, à la professeure de français de seconde de Bertille pour les échanges sur les balbutiements de « L'Art du crime » et les conseils de lectures qui les ont accompagnés, et à Lise pour la bêta-lecture de la nouvelle d'Eve « Récit d'une apocalypse ». Merci à Patrice Malavieille et à Martine Debouige des éditions de l'ArtBouquine pour leur relecture du recueil, à Sonia Frisch pour ses vérifications durant les corrections, ainsi qu'aux poétesses Laura Mahieu et Philys Mercadier pour leur participation au livret d'art collector *Rouge(s) : le bonus* réalisé pour la campagne de financement. Enfin, un immense merci à Michel Pastoureau d'avoir accepté de préfacer cet ouvrage.

Malgré tout notre amour pour la littérature, nous sommes en majorité des étudiant·e·s et ce recueil n'aurait pas pu voir le jour sans fonds solides pour en assurer la publication. C'est pourquoi nous remercions chaleureusement, sur la page suivante, les contributeur·rice·s de notre campagne de financement sur Ulule qui ont permis à ce livre d'exister.

Françoise Adam · Eva Astier · Florian Becquet · Catherine
Blocher · Marion Briquet · Marie-Christine Bruyas · Christophe
Buguet · Cécile Butour · Nathalie Buttin · Sylvie Cadolle ·
Huguette et Jean-Paul Carteron · Emeline Chaigneau · Nicola
Charvet · Lolie Cherbonnel · David Chevrier · Virginie Chevrier ·
Annick Cocotier · Pauline Cristol · Raphaël Cristol · Annelyse
Damasio · Daremy121 · Isis Declercq-Ternier · Quentin
Delavelle Vennexy · Sylvie Desrumaux · Dumontet Dou · Eric
Dueymes · Olivia Engel · Malone Esnault · Anaïs Fohanno ·
Hélène Forest · Isabelle Forest · Lionel Forest · Nathalie Forest ·
Pierre Forest · Alina Frecautanu · Christian Frisch · Colette
Frisch · Colin Frisch · Sonia Frisch · Robin Garrido · Véronique
Goetz · Amandine Grosso · Anne-Élise Guilbert-Tétart · Carole
Guillerey · Agathe Hanras · Sarah Hirschmuller · Anthony
Jaguenaud · Margaux Joram · Amandine Koney · Vanessa Krief ·
Shana Kujawa · Edouard Lacarrière · Chloé Lachâtre · Mathéo
Lafage · Sandrine Lagandré · Alain Le Guerroué · Clémence
Le Guerroué · Virginie Le Guerroué · Eglantine Le Flohic ·
Sylvette Lefebvre · Dominique Lehman · Laurent Léon · Linda
Léon · Jacqueline Lippmann · Martine Lippmann · Michelle
Lippmann · France Madarasz · Alix Maire · Patrice Malavieille ·
Constance Mantovani · Ninon Marinel · Jacqueline et Myriam
Marteau · Valentine Martin-Lacoste · Bernard Mège · Stéphan
Mège · Noémie Mette · Anne-Charlotte Meunier · Sandrine
Mongiat · Stella Morier · Élisabeth Muller · Lise Outrey ·
Christiane Pagadoy · Vincent Pellet · Aurélie Perrichet · Pife13 ·
Huguette Prast · Fleur Rémy · Céline et Didier Renard · Esteban
Renard · Pierre et Yvette Renard · Loreleï Richard · Sarah
Robinet · Irène Rodriguez · Chloé Rosiaux · Eddy Rosiaux ·
Françoise Rosiaux · Karen Rosiaux · Virginie Rossignol ·
Alexandra Ruz · Sophie Sempé · Gwladys Sereno · Marie Teneze ·
Ambre Tognetti · Pauline Trisson · Christian et Jeannine
Vandepoortaele · Stéphane Vandepoortaele · Prisca Vissian ·
Joelle Vittone